目次

光文社文庫

完全犯罪の死角

刑事花房京子

香納諒一

光 文 社

完全犯罪の死角

刑事花房京子

一章　予期せぬ闖入者《ちんにゅうしゃ》

1

二階はカーペット、絨毯《じゅうたん》、それにパーソナルチェアーを並べてある。沢渡留理《さわたりるり》は、ゆったりとした足取りで売り場を見て回ったあと、階段で三階へと上がった。三階は、いわゆるリビング・ダイニングフロアで、ダイニングセット、ソファ、テレビボードなどを中心に、リビング・ダイニングに必要な家具をそろえていた。その一角には、父の時代と同様に、北欧家具が陣取っている。留理の父親にして、この《沢渡家具》の初代経営者だった沢渡玄一郎《げんいちろう》は、温かみのある北欧家具を愛していた。

四階には食器棚とアンティーク家具に加え、最近は留理自身のアイデアで、エスニック調の家具も展示するようになった。売れ行きは、まずまず。――それは、ほかの売り場と比べて、という意味だが。五階はドレッサーと和家具、六階はベッドと寝装品。ちらほら程度とはいえ、五階にはまだ展示品を見て回る客がいたが、六階に至っては、お客はただ二組だけ。そのほかには、みずからがベッドで眠ってしまいたいというような顔で無聊《ぶりょう》をかこつ従業員が、社長の見回りに気づいて姿勢を正す様を目にしただけだった。

だが、必ず盛り返して見せる。今こそ、攻めの経営を行うべき時なのだ。それが上手く当たってヒットを生めば、八王子《はちおうじ》でも――否、東京都内の多くの同業他社の店舗と比べても、飛び抜けて広大な売り場面積を誇るこの《沢渡家具》の西東京本店にも、かつてのようなにぎわいが必ず取り戻せるはずだった。留理は階段を身軽に駆け下り、一階へと下った。一階の奥は、カーテンや照明器具売り場だが、入口に近いほうは、彼女のアイデアで、フードコートになっていた。

父の玄一郎は、高級家具を、多くの人間が手に取りやすい手頃な価格で提供することを目指した。そのためには、国内外を問わず、卸《おろし》業者の手を介さずに直接メーカーと値段交渉を行って、品物を買いつけた。また、顧客には全員、入口で会員登録をしてもらい、従業員ひとりひとりが「アドバイザー」としてつき添い、相談に乗りながら、売り場を順に案内するシステムも考案した。《沢渡家具》を利用する顧客は、店舗を訪れさえすれば、欲しいものを手際よく見て回り、そして、購入することができたのだ。

この流通と販売方式の独自な路線が大当たりし、元々は八王子の小さな家具販売店にすぎなかった《沢渡家具》は、玄一郎一代にして、国内有数の家具・インテリア専門店へと成長した。店舗は関東圏だけで十一、大阪に三、名古屋に二、他に福岡、仙台、札幌といった大都市にもある。

だが、日本人の生活様式の変化や、長引く不況、それに、賃金の低い発展途上国に工場を持ち、そういったところで作らせた自社製品を安く提供する家具の製作販売会社が登場したことなどの理由で、ここ数年は売上を大きく落としていた。

この西東京本店は、八王子郊外の巨大なショッピングセンターの中にあった。同じエリア内には、それぞれが堂々たる売り場面積を誇るスーパーマーケット、ドラッグストア、百円ショップなどが並び、連日のにぎわいを見せている。店舗一階にフードコートを置くことで、こうした他店への顧客を呼び込むことができるというのが、留理の狙いだった。

それはまんまと当たり、フードコートは人でごった返していた。だが、問題は、ここで食事をした人々が、店舗の奥や上階へと向かうことはほとんどなく、腹を満たし、一服すると、スーパーやドラッグストアへと行ってしまうことだった。

《沢渡家具》の西東京本店は、フードコートの売上だけで支えられているといった陰口が、留理の耳にも入っていた。腹立たしい話だった。ラーメンや餃子、ピザ、ハンバーガーなどをいくら売ったところで、たかが知れている。それに第一、フードコートの店はみなテナントで、いくら売上が上がったところで、留理のふところが潤《うるお》うわけではないのだ。

二階から始めて、最後に一階の売り場で見回りを終える習慣は、二階の奥に店の事務所があるためだったが、見回る順番を変えたほうがいいのかもしれない。毎回、重たい気分で事務所に戻らなければならないのは、やりきれない。

留理は一階フロアを奥へと歩き、一般顧客立ち入り禁止のドアを開けた。空調が行き届いた清潔な店内とはいささか異なる、塗料や木材やゴムなどの様々な匂いが入り混じった空気に変わる。従業員専用廊下の右側は、腰から上はガラス壁になっており、その向こう側は従業員休憩室だった。交代で昼食をとることにしているため、午後二時近い今もなお、弁当を食べる従業員が数名おり、留理の姿に気づいて挨拶《あいさつ》した。留理は、穏やかな笑みをたたえて会釈を返した。その奥には階段と守衛室があり、廊下の突き当たりは従業員出入口。商品等の搬入口は、搬入用のエレベーターともども、廊下の反対側の突き当たりにあった。

留理は階段で二階へ上がった。一階の休憩室となった場所の真上が、ガラス壁の代わりに普通の壁で仕切られ、事務所になっている。営業時間中、各売り場の責任者は売り場に詰めているので、事務所には今、経理課の社員が働くほかは、副店長の長谷川《はせがわ》がいるだけだった。

長谷川は、留理よりも三歳下の三十二歳。昨年の夏までは、勤続三十年を超える五十代の男が店長をしていた。父の下で長年働いてきたこの男は、今は朝霞《あさか》にある倉庫の責任者になっていた。現在、西東京本店では従来の会員制度をやめ、展示家具を誰もが気軽に見て回れるようにしていた。だが、今から一年ほど前に、留理がこう決断した時、この男は断固として反対した。先代が敷いた路線から転換を図るのは、長い目で見れば決して会社のためにならないといったことを、ほかの社員たちもいる前でまくし立てた。倉庫への転属を告げた時の、あの男の顔が愉快だった。大事なことを突然、思い出し、そして、激しい後悔に襲われた人間の顔だった。今、この会社の舵《かじ》取りをする人間は誰なのかという、大事なことを。

しかし、長谷川はまだ若い。同じ大学の後輩であり、決して楯突《たてつ》かないこの社員を留理はそれなりに評価していたが、いきなり店長に抜擢《ばってき》するのは、ほかの店舗とのつりあいを考えても無理がある。それに、長谷川のようなイエスマンをただ出世させることは危険だ。だからあくまでも副店長にとどめ、店長は留理自身が兼ねていた。父親が最初の店舗を出したこの八王子にある西東京本店の店長を、社長である自分が兼ねるのは、至極《しごく》当然なことだろう。

店内巡回を終えて戻った留理に気づくと、長谷川は席を立ち、礼儀正しく挨拶した。ちょうど遅めの昼食を終えたところらしく、机には弁当の空のパックがあった。経理の社員たちも、長谷川にならって同様にした。前の店長が慇懃無礼《いんぎんぶれい》な態度を取っていた頃よりも、ずっと雰囲気がよくなっていた。

「仮眠を取って、二時間ほど企画を練るわ。いつものように、しばらくひとりにしてください」

留理は、副店長の長谷川にそう声をかけ、みずからが使う奥の小部屋へと入った。

こう声をかけておけば、長谷川は決して電話を取り次がないし、ドアをノックして何かを訊《き》きに来ることもない。

現在、《沢渡家具》の本社は吉祥寺《きちじょうじ》にあり、社長の留理もそこですごすことが多かった。しかし、この店の店長を兼ねるようになってからは、店長室に仕事を持ち込み、ここで社長としての職務をはたすことも度々あった。子供の頃から慣れ親しんできた八王子の街に愛着があったし、ショッピングセンターの中に店舗を移動したとはいえ、《沢渡家具》の一号店に当たるこの西東京本店こそが、社長業務をこなすのにふさわしい場所とも思われた。

それに、今度の計画を練り始めてからは、ここで業務をこなすことが、非常に大事な意味を持つようになっていた。

この店舗のこの部屋は、計画の大事な一部なのだ。

入口のドアに鍵をかけた留理は、天井灯のスイッチを押し上げてつけると、部屋を横切って左奥にあるソファへと歩いた。それは、仮眠用に置いたものだった。他人が眠っている間に働けというのが、亡くなった父の教えだった。父自身、夜、布団で眠るのは、せいぜいが三時間前後だったようだ。その分、職場に仮眠用の場所を作り、ちょっとした空き時間を利用して、拾い寝をすることを習慣にしていた。

留理も、亡父を真似、夜の睡眠時間はできるだけ切り詰めるようにしていた。本社の社長室には、仮眠用の簡易ベッドが置いてあった。昼間、そうしたところで仮眠を取れば、新たな活力が湧いてくる。

だが、今はそうするつもりはなかった。

留理は、ソファの下に突っ込んであるナップザックを取り出した。

念のためにナップザックのポケットを開け、中に隠しておいたものを確かめた。

クロゼットに歩いていって扉を開けた。スーツの上着とズボンを脱ぎ、ライダースジャケットとジーンズに着替えた。野球帽をかぶり、サングラスをかける。革靴を脱いで、スニーカーを履くと、ナップザックのポケットに隠しておいたものをジャケットのポケットに移した。

免許証、キーホルダー、携帯、小銭入れをジャケットに移し、ライダーグローブをはめ、ナップザックを背負う。

部屋の明りを消し、窓へと歩いた。ブラインドを開け、腰高の窓を開けた。十月の風が流れ込んでくる。いつしか日が陰ったために、肌寒さを感じる。都心と八王子を往復する人間にとって、ふたつの地域の温度差を強く実感する季節だった。町並みのむこうに、高《たか》尾《お》や景信《かげのぶ》、陣馬《じんば》などの山並みが見えた。

ここは店舗の真裏に当たり、搬入のトラック以外に入ってくる車両はなく、一般客の通行も禁止されていた。留理は周囲を見渡し、人影がひとつもないことを確かめると、窓の桟《さん》をまたいで越え、下階の軒庇《のきびさし》へと足を下ろした。四〇センチほどは奥行きがあり、体を乗せて壁に張りつき、そろそろと移動するのには充分だった。

窓を閉め、じりじりと蟹《かに》ばいで進んだ。少し先の壁を雨樋《あまどい》がはっており、そこを摑《つか》むことで一息つける。その先は、じきに非常階段にたどり着いた。

階段の手すりを乗り越えた。

階下に下り、左右に目を配りつつ歩き出した。

従業員出入口のドアは、出入りがない時には閉まっており、守衛室はそのドアの奥だったので、見咎《みとが》められる心配はなかった。ビルの側面からショッピングセンターの駐車場へとさり気なく歩き出し、早足で進む。

広大な駐車場の一角が、バイク専用のスペースになっていた。そこに停めた五〇〇ccのバイクに近づくと、野球帽とサングラスを外してポケットに押し込んだ。背中のナップザックを前に回し、中からヘルメットを出してかぶる。バイクにまたがり、ナップザックを元通りに背負い直してエンジンをかけた。

2

デリバリーのピザが腹にもたれていた。いや、おそらくはそれよりも、ピザを食べながらビールを飲むうちに、急に気分が明るくなって赤ワインを開けたのがいけなかったみたいだ。ソファで目覚めた沢渡要次《ようじ》は、ボトルもグラスも完全に空いているのを知って、驚いた。まったく、俺ってやつは。

淡い後悔がこみ上げるが、それが半ば以上は自分自身に対するポーズであることを、心のどこかで気づいてもいた。昼間から酒を飲み、好きな映画のＤＶＤを楽しみ、夕方からは愛人の女とすごす。平日はあくせくと働き、週末は疲れた体に鞭《むち》打って、家族奉公にいそしむ人間たちから見れば、さぞかし羨《うらや》ましい暮らしにちがいない。

普段は麻布《あざぶ》のマンション暮らしだったが、週末はこうして八王子の実家ですごすことが多かった。実家とはいっても、父も母もいなくなり、今は誰も暮らしてはいない。長男である要次が、こうして別荘代わりに使うだけだった。ゴルフ場にも近かったし、かつては父が我が物顔で家族や社員たちをはべらせていたこの広大なリビングをひとりで占領し、プライベートシアターを楽しむことは、何よりも気分がよかった。

寒気を覚え、くしゃみが出た。まだ午後二時半を少し回ったぐらいだというのに、冷える季節になってきた。尿意を覚えて腰を上げると、頭がズキンと痛んだ。要次は窓辺へ歩き、風を入れるために開けておいた窓を閉めた。このリビングの窓と、屋敷の北側に面した小部屋の窓とを開けておくと、ちょうど風の通り道ができて、気持ちがいい。だから、そうして飲んでいたのだが、いつしか空が曇って冷え込み出していた。トイレで用を足し、キッチンに入った。どこかに頭痛薬があったはずだが、見つからず、面倒になって探すのをやめた。

ソファに戻り、体を沈める。向かいに置かれたTVモニターでは、DVDの画面が一時停止の状態でとまっていた。

セットされているのは、ブルース・ウィリスが主演した『ダイ・ハード』だ。この映画のヒットを受けて、結局、五作目まで作られたが、要次はこの最初の一作が好きだった。パート2、3と重なるに従って、ブルース演じるジョン・マクレーン刑事が能力を増し、ただのスーパー刑事になってしまったのがいただけない。だが、この第一作では、ぶつぶつとぼやき続けながらテロリストに立ち向かう姿が新鮮だった。

要次はリモコンを手に取り、DVDを早送りした。いくつもお気に入りのシーンがあるが、やはりなんといっても一番は、クライマックスでマクレーンがテロリストの親玉と一騎打ちをはたすところだった。妻を人質に取られたマクレーンは、上半身裸でテロリストの銃口の前に立つ。だが、両手を上げた彼の背中には、ガムテープで拳銃が貼りつけられているのだ。

間一髪《かんいっぱつ》、マクレーンはテロリストを銃撃。高層ビルの窓に宙吊りになったテロリストは、落下して死亡する。

映画はいい。夢がある。スカッとし、嫌な現実を忘れさせてくれる。本当は、何か映像関係の仕事に就《つ》きたかったのだ。どんなに小さな会社でも、よかった。もぐり込むことさえできれば、懸命に努力し、やがてはチャンスをこの手でつかみ取る自信があった。いや、父が一言口を利《き》いてくれさえしたならば、それなりの就職先を得られたはずなのに。

それなのに、いくら頼んでも、父の玄一郎は息子の願いを聞こうとはしなかった。おまえは《沢渡家具》を継ぐ跡取りだ。会社を守り立てていく責任がある。父は、口を開けば馬鹿のひとつ覚えのようにして、そう繰り返すばかりだった。

それに、父はそう言ったあと、必ずこうつけ足したものだった。――妹の留理とも協力して、会社を頼む。

冗談じゃない。なぜ本妻のひとり息子である自分が、愛人の子供にすぎない、しかも女なんかと協力しなければならないのだ！

だが、あの女が好き勝手をやっていられるのは、今のうちだけだ。じきにあの目障《めざわ》りな女は、いなくなる。あの女が立ち上げた安物の家具ブランドは消滅し、父の路線をねじ曲げた手前勝手な店舗運営は終わりを告げる。

要次はロングソファの背に投げ出すようにしてかけてあるスーツの上着へと歩き、内ポケットからマルボロを取り出した。

一緒に入れていたジッポで火をつけ、煙を肺の奥深くまで吸い込んだ。いくら頭痛がしていたって、目覚めの一服を体が求めている。マルボロとジッポをテーブルに置き、大型の灰皿にたばこの先端を打ちつけた。

だが、半分ほど喫《す》って、さすがに消した。頭痛が我慢できなくなったのだ。

もう一度、キッチンで薬を探してみるが、見つからない。自室のどこかだろうかと思い出してみるが、わからない。しばらくこめかみに指先を当ててやり過ごしたあと、要次は、自慢のＤＶＤコレクションが並ぶラックへと歩いた。

福田麻衣子《ふくだまいこ》がやって来る約束の時間まで、まだ一時間半近くある。風呂に湯を張り、のんびりつかりながら待てばいい。ぬるい湯で体をゆっくりと温めたなら、きっと頭痛も治まるだろう。湯船の中で、何か観よう。金曜の夜、銀座や六本木の店を何軒か回ったあと、午前三時だか四時ぐらいに、おつきの運転手の車でここに乗りつけた。二階の自室のベッドに倒れ込むように眠り、日がずいぶんと高くなってから起き出し、ピザと一緒にビールを飲み出したのだ。そろそろ風呂に入りたかった。

『続・荒野の用心棒』を選び出した。フランコ・ネロ主演のこの映画は、黒澤明《くろさわあきら》の『用心棒』を翻案した『荒野の用心棒』とは関係ない。内容はもっとずっとハードで、マシンガンを入れた棺桶《かんおけ》を引きずって現れるガンマンのジャンゴは、要次の敬愛する主人公のひとりだった。

ＤＶＤをテーブルに置いた要次は、別のＤＶＤのことを思い出した。麻衣子が観たがっていたため、昨日、飲みに出る前に、馴染《なじ》みの店に寄って『ローマの休日』と『哀愁』の二本を買ったのだった。どちらも要次の興味の範疇《はんちゆう》外の作品で、大して観たいとも思えなかったが、麻衣子はこうした恋愛ものが好きだった。そういえば、あれはどこに置いただろう。一緒に風呂につかり、麻衣子が映画を楽しむ傍《かたわ》らで、こっちはその体をなでて楽しめばいい。じきに映画を観る余裕などなくなるぐらいに、夢中にさせてやる。

麻衣子は実際、最高の女だ。要次の今度の結婚のことも、《沢渡家具》を守り、発展させるための政略結婚であるとすぐに理解してくれた。あの秘密を共有している限り、ふたりの関係が終わることはないと知っているから、そんなことでごたごたと騒いだりしない。

麻衣子は要次よりも三歳年上の四十二だったが、とても四十を超えているとは思えない引き締まった体をしており、ふたりきりの時の営みも、お堅い秘書とは思えないテクニックの持ち主だった。それに何より、要次のやりたいことならば、どんなことでもやらせてくれるのがいい。一度こういう女を知ってしまったら、下手な娼婦に金を払う気などなくなってしまう。

きっと、父もそうだったのだ……。

父と同じ女とこういう関係になったことへの葛藤《かっとう》のたぐいは、最初も今もまったくなかった。父が遺《のこ》した女を自分が自由にするのは、当然ではないか。会社だって、もっと思うがままにしたかった。

酔ってどこかに忘れたかと一瞬危ぶんだが、麻衣子のために買ったDVD二本は、店のビニール袋に収まったままカバンに入っていた。要次はそれを抜き出し、自分のDVDと一緒に持って風呂へと歩いた。

合計三枚のＤＶＤを、脱衣所に用意されているタオルの上に載《の》せて置き、風呂の折り戸を開けて湯船のコックをひねった。

それから、すぐに腰を伸ばした。勢いよく流れ出てくるお湯の音に混じって聞き取りにくかったが、誰かが玄関のインタフォンを押したような気がしていた。

体の向きを変え、耳を澄《す》ます。脱衣所に戻るともう一度音がし、今度ははっきりと聞き取れた。誰か来たのだ。

要次はちょっと首をひねった。麻衣子との約束の時間には、早すぎる。だが、ここにはほかに誰も来る者などいない。

廊下をたどり、リビングの玄関寄りの壁に取りつけられたインタフォンの通話ボタンを押した。

モニターに映し出されたライダースジャケットの女を目にして、眉間《みけん》にしわを寄せた。

「兄さん、いるんでしょ。ちょっと入れて」

ヘルメットをかぶって立つのは、腹違いの妹の留理だった。ただし、この女のことを、そんなふうに思ったことなど一度もなかった。母の死後、父がこの屋敷に持ち込んだ異物の片割れ。ずっとそう思ってやって来た。もうひとつの異物とは、言うまでもなく、父が母には内緒で外に囲い続けていたこの女の母親だ。

「いったい、どうしたんだ？」

意識して、冷たい声で応じた。

「そんな嫌そうな声を出さなくてもいいでしょ。ここは、私のうちでもあるんだから」

留理がインタフォンに顔を寄せたものだから、凸レンズで顔がふくらむ。父と同じ特徴である、形のいい鼻が強調され、要次は益々嫌な気分になった。

今は、この女となんか話したくなかった。ふたりきりで話せば、きっとこの女は三日前の話を蒸し返してくるにちがいない。

だが、もう要次のほうには何も言うことなどなかった。あれが、ほんとの最後通牒《つうちょう》だ。ずっと父の秘書を務め、そして、今は要次の秘書である麻衣子とふたり、きっぱりとこの女に引導を渡したのだ。

「もう、話すことは何もないぞ」

「私のほうには、聞いて欲しいことがあるの。時間は取らせないわ。中に入れて」

「来客があるんだ」

「長居はしないから。お願いよ、兄さん。兄妹ふたりだけで話しましょうよ。会社にとっても、大事なことよ。それを、あんなふうな話で終わりにしたくはないの」

いいや、もうあれで終わりだ。ふたりでは決して話さないほうがいいと、麻衣子からも言われていた。妹は、要次よりもずっと弁が立つ。ふたりきりで話せば、何かとんでもないことを言い出すかもしれない。

断固拒絶しようとした要次は、しかし、その一歩手前で思いとどまった。資産管理会社の社債を償還《しようかん》するのは、俺の判断だ。社長であり、資産管理の実質的な責任者である妹にだって、それは決してとめられやしない。

——この女には、手も足も出ないのだ。

そう思うと、要次は、インタフォンに顔を寄せて必死に懇願《こんがん》する女を急にいたぶりたくなった。ブルース・ウィリスのように、相手を狙い撃ってやる。

「手短に頼むぜ」

わざと親しげに言うと、兄は妹のために門扉《もんぴ》のオートロックを解除してやった。

3

もったいつけた末にやっと門を開けた腹違いの兄に内心では腹を立てながら、留理はバイクを徐行させて屋敷内の車寄せへと入った。屋敷は八王子の郊外、滝山《たきやま》街道から多摩川の方角へと曲がって数キロ走った先にあった。滝山街道の近くには創価《そうか》大学のキャンパスがあり、河川沿いにも運動場、浄水場、ゴルフの練習場などが点在していた。だが、この辺《あた》りまで来ると、幹線道路をジョギングや散歩をする者、自転車で先を急ぐ者などはあっても、多摩川を見下ろす丘に建つこの屋敷の周辺には、通行人は滅多になかった。

それでも屋敷の前にあまり長く立っていれば、誰かに目撃される可能性がある。留理は内心、気が気ではなかったのだ。

背後で電動式の門扉が閉まる。三台が余裕で入る駐車場に、現在、車は一台もなかった。だが、留理はそこを素通りし、屋敷の右横、物置小屋の陰へとバイクを停めた。福田麻衣子は、会社の車をいつものように私用で使い、ここにやって来るはずだった。車には、運転手がついている。父の代からずっと仕えている、中嶋《なかじま》という初老の男だった。この運転手に、バイクを見られるわけにはいかなかった。

サイドスタンドを立て、エンジンを切り、キーをロックした留理は、ヘルメットを脱いでハンドルにかけた。後ろで留めていた髪を下ろし、足早に玄関へと向かった。ナップザックを一旦《いったん》背中からはずし、半分ぐらいジッパーを開けて手を突っ込むと、中のICレコーダーの録音スイッチを押した。

ドアを開けるが、妹の来訪を喜ばない兄が迎えに出てくるはずはなかった。スニーカーを脱ぎ、中に上がる。

奥に向かって真っ直ぐに延びた廊下の突き当たりには、母が使っていた小さな和室のほか、ランドリー、洗面所、それに風呂場とトイレがあった。一番手前の右側は、特別な来客のために設《しつら》えた洋風の客間で、そこは父が好きだった北欧風の家具で埋め尽くされていた。反対の左側は、一階の大部分を占める大きなリビングで、奥の洗面所や風呂などには、このリビングからも直接行ける。リビングの南東側は二階までの吹き抜けになっており、天井までの巨大な一面ガラスの向こうには、綺麗《きれい》に手入れの行き届いた西洋芝の庭と、白い塀の向こうに稜線《りようせん》を延ばす高尾の山並みが、秋の穏やかな日差しを浴びて広がっていた。

父の生前、四十畳の広さはあるリビングは、いつでも多くの来客でにぎわっていたものだった。庭を背にして置かれたチェアマンソファが、父の指定席だった。その左右には、何人もの男たちがゆったりと体を沈められるロングソファが、向かい合わせに配されていた。男たちに交じり、留理もその末席に加わり、父の話を聞くことが好きだった。間違いない。経営者として、父は多くの部下たちから愛されていたのだ。

だが、今は父の愛用のチェアマンソファには、兄がぽつりと坐《すわ》っていた。本人はそれなりの威厳を保っているつもりなのかもしれないが、バスローブの前をだらしなくはだけた姿は、間の抜けた酔っ払い以外の何者にも見えない。

留理は思った。四十歳近い男というのは、生きてきた重みが加わらなければ、薄っぺらでみすぼらしい顔になるばかりだ。

ロングソファの背に投げ出されるようにかかっているスーツの上着、ズボン、ワイシャツに目をやり、容易《たやす》く状況が理解できた。この男は、昨夜も銀座か六本木のくだらない女たちと騒いだ挙句《あげく》、明け方になってここに戻ってきたのだ。着ていたものを脱ぎ捨て、バスローブに着替えてベッドでバタンキュー。しかも、テーブルには食い散らかされたピザとフライドポテトの隣りに、握りつぶされたビール缶と、完全に空いてしまっているワインの瓶が転がっていた。その傍《そば》には、ネクタイピンをとめたままのネクタイが、脱皮した蛇の抜け殻みたいに伸びている。ネクタイは、エンジのストライプ、ネクタイピンには真珠の飾りがあり、それが死んだ爬虫類《はちゅうるい》の目みたいだ。

この男は、もう何年もの間、ずっとこんなふうにして暮らしてきたのだ。

だが、それも今は都合がよかった。もしも全然飲んでいなかったならば、何か手を講じて飲ます必要があったからだ。

「飲んでるの？　あきれたわ、ワインを一本、朝から空けたの？」

「リラックスしてたのさ。ワインなんぞ、水みたいなもんだ。フランス人と一緒さ。で、話というのは、何なんだ？」

要次は、あからさまに不快感を表し、早速訊いてきた。すね毛を見せて足を組み直し、上半身を軽く揺する。話の主導権を握るのは自分であり、そんな自分が苛立《いらだ》っているのだから、さあ、話を進めろ。——態度でそう示している。

だが、その目には用心深く相手の様子を窺《うかが》う、小動物のような光が見え隠れしていた。すべてに於《お》いて自信がないくせに、決してそれを認めようとしない。その結果として、悪いのはすべて他人であり、自分はただツキがないだけ、何かちょっとしたチャンスさえ訪れれば、その先にバラ色の人生が待っているといった、子供の頃の誤った感覚のままでこの歳まで来てしまった男だ。

留理は、ナップザックを背中から下ろして壁際に置いた。

「何をかりかりしてるの。そんなにあわててないでよ。とにかく、少し穏やかに話しましょ。コーヒーがいい？　それとも、何か冷たいものにする？」

兄へと微笑《ほほえ》みかけ、キッチンのほうへと歩いた。キッチンカウンターを回り込む。

「頭が痛いんだ。何も飲まねえよ。それに、来客があると言ったろ。おまえなんかに、のんびりつきあってる暇《ひま》はない。だいいち、話はもう水曜に終わってるはずだぜ。そうだろ」

「——来客って、女?」

「どうだっていいだろ」

「福田さんなのね? 私、あの人をこの屋敷には入れて欲しくないんだけれど」

「おまえの知ったことかよ。妹の分際で、何を言ってるんだ。俺がここで誰と何をしようと、関係ないだろ」

——やはり、福田麻衣子がここにやって来る。

昨日、運転手の中嶋のノートをこっそりと盗み見て確かめてはいたが、直前で予定が変わらないとも限らない。万が一、予定通りにあの女がやって来なければ、せっかくの計画が台無しになる。だが、これですべてがぴたりとはまった。

あとは、実行するだけだ。

「確かにそうね。それは、余計な口出しだったわ。彼女、何時頃に来るの? 会いたくないから、その前には帰る」

「四時さ。だけど、それまで居坐られるなんてごめんだぜ」

「ずいぶん嫌われたものね」

「お互いさまだろ」

コーヒーメーカーをセットした留理は、リビングへと戻り、兄の近くに腰を下ろした。

「兄さん、お互い、今日はこんな喋《しゃべ》り方はやめましょうよ。覚えてる？　父さんがここで、よく私たちに言ってたこと」

兄は留理のほうを見ようとはせず、テーブルのマルボロを一本抜き出し、隣りに立つジッポで火をつけた。

留理の心に、サンドペーパーで撫でられたようなザラつきが広がった。側面に日時計がデザインされ、アンティークな雰囲気を強調するために銀メッキをいぶし加工したジッポは、父が愛用した品だった。この男は、それをちゃっかりと自分のものにした。父がいつも坐っていたチェアマンソファに坐り、ピザやポテトを食い散らかし、父が選んだ応接テーブルを、油とワインのシミだらけにしてしまっている。

要次は煙を吐き上げ、顔を斜めに傾けて留理を見た。

「さあて、なんだったかな？」

「――立派な家具は、その持ち主の生活を変える。日々の暮らしを、豊かにする。《沢渡家具》は、俺が俺の目で見極めた本物の家具を、多くの人が手に取りやすい値段で提供することで、日本人の暮らしを変えていくんだ」

留理は低い声で喋ることで、父の声音を真似た。

そんなふうにすると、様々な思い出がよみがえり、父が今なお傍にいてくれるような気がしないでもない。

人というのは、不思議なものだ。こんな時だというのに、ふっと感傷的な気分がわき起こるなんて。

だが、留理のそんな気分は、兄の視線に出くわしてかき消された。

「結局、親父の考えは、時代遅れになっちまったってことさ」

兄の声には、わずかな温《ぬく》もりすら感じられなかった。

「高度経済成長が終わり、バブルが弾《はじ》けてからずっと不景気が続き、今の購買層は誰も立派な家具など求めちゃいない。安くて、それなりに見栄《みば》えがよければ、それでいいのさ。つまり、おまえがうちの子会社で、さかんに作ってるような家具だよ。その意味じゃ、おまえは父さんの意思や信念を、見事に否定してみせた。そうだろ。御立派な娘さ。だが、そんな路線変更は、もう終わりだ。これからは俺が、長男として、親父が創った《沢渡家具》の名前を守っていく。もう、こういう議論は何度も繰り返したが、もう一度だけ言うぞ。《沢渡家具》の名前を残し、ブランドを維持していくためには、俺の決断が最良なんだ」

留理はゆっくりと息を吐くことで、怒りを爆発させまいと努めた。こめかみを人差し指で押す。顎《あご》を引き、顔をしかめて腰を上げる。

食器棚からカップをふたつ下ろし、コーヒーメーカーのポットから注いだ。腹違いの兄は、すっかり勝ち誇った顔でこっちを見ていた。

「ミルクか何か入れる?」

「コーヒーなんかいらねえ。飲みたけりゃ、おまえひとりで飲めばいいだろ。用件を言えよ。それとも、必死で俺に命乞《いのちご》いに来たわけか。倉庫番ぐらいでなら、使ってやってもいいぜ」

留理は無言で盆にコーヒーカップふたつを載せ、キッチンを出てソファに戻った。

「私はブラックなの。兄さんもそれでいいわね」

要次が唇を引き結び、油断のない顔になった。何かあると、警戒したのかもしれない。

留理は、カップをそれぞれ兄と自分の前に置いた。

そして、切りつけるように言った。

「一千万、上乗せするわ」

「——何だ?」

「兄さんに入る小遣《こづか》いを、一千万上乗せすると言ってるの。あなたが会社を経営しようとしたって、無理。あの妖怪《ようかい》みたいな秘書以外には、誰も兄さんの言うことなんか聞かないわ。それよりも、これまで通り、会社のことは私に任せて、悠々《ゆうゆう》と遊んでいるのがあなたのためよ。父さんが創ってくれた資産管理会社から小遣いを貰って、今まで通りおとなしくしてなさい」

言ってやった。一度は吐きつけてやりたいと思い続けていた言葉を、この男が生きているうちに浴びせかけてやった。

兄の顔が、どす黒く染まる。こめかみに血管が浮き出し、右目と右頬が激しくひくつく。

「おまえ、何様だ！　それは、冗談のつもりなのか⁉　そんな馬鹿馬鹿しいことを言うために、わざわざやって来たのかよ」

要次の手からたばこが飛び、留理の頬をかすめた。

「何するのよ、危ないじゃないの。冗談なんか言ってないわ。悪いことは言わないから、それで引き下がりなさいよ」

「それが、兄に対する言い草か」

「一度でも、何か兄らしい働きをしたことがあるの。あなたがやったことといえば、父さんが遺した財産を、好き放題に浪費するだけ。見栄えばっかり気にして、やることなすこと、とんちんかん。その挙句に、会社の名前だけ残して、身売りを画策するなんて、あきれてものが言えないわ。会社のことは、私に任せておけばいいのよ。もう一度言うわよ。あなたは、父さんが創った資産管理会社から小遣いを貰って、それで満足してなさい」

兄はいよいよ怒りに打ち震え、首筋に太い血管を浮き立たせたが、やがてふっと冷笑を浮かべた。

「口では何とでも言えるさ。だが、おまえはもう終わりだ。社債の償還期限が来たら、俺は償還を求める。いくら管理責任者のおまえだって、それをとめることはできないぜ。そして、社債と交換に、資産管理会社が預かってる会社の株を、俺に渡すしかない。それですべて、解決さ。わかるだろ。おまえにゃ、手も足も出せないんだ」

「まだ、奥の手があるわ」

「――奥の手って、何だよ？」

留理はソファを立ち、壁際に置いたナップザックへと歩いた。

中から、ファイルを取り出した。

「これよ。経理を調べて、見つけたの。あなたと福田麻衣子が行った、会社の不正経理の動かぬ証拠よ」

明らかに意表を衝《つ》かれた様子で、兄は一瞬、言葉を失った。

だが、じわじわとにじみ出るみたいに、再び冷笑が浮かんできた。

「おいおい、その話ももう水曜に済んだはずだぜ。そんなものをわざわざ見つけたところで、表に出すことはできないさ。それとも、おまえ、死んだ親父を裏切るのかよ」

「これだけじゃないわ。こっちに来なさいよ」

留理はリビングを横切り、階段を上った。

高い吹き抜けになったリビングを見下ろす形で、二階の廊下が左右に延びている。ちょうどキッチン部分の真上に当たり、そこには合計三つの部屋が並んでいる。一番左奥は納戸《なんど》だが、真ん中は、父が生前書斎として使っていた部屋で、階段に近い右手前は、かつては夫婦の寝室だった。

階段を上りきって見下ろすと、ソファから立った要次が階段に近づこうとしていた。事態を飲み込めずにいる。動くと頭がずきずきするのかもしれない、苦しげに顔をしかめている。

「――いったい、何の話をしてる？　そこに何があるというんだ？」

「金庫の中よ。中身が何だか、私が知らないと思うの。私だって、この家に暮らしていたのよ」

「いったい、何のことを言ってるんだ――？」

要次は階段の手すりに手をかけ、よたよたと、それでもあわてて上り出した。

留理はかつて父の書斎だった部屋のドアを開け、するりと中に滑《すべ》り込んだ。ライダースジャケットのポケットから、用意しておいたものを取り出す。

耳に注意を集めていた。アルコールと暴食によってすっかりだぶついた体を持ち上げる足音が聞こえる。やがて、階段を上りきり、足早にこっちに近づいて来る。

留理は両足を肩幅に開き、ドアの真正面に立った。右肘《ひじ》をくの字に曲げて、体の脇に構える。

兄が視界に現れた瞬間、右腕を振り上げ、渾身《こんしん》の力で振り下ろした。

一瞬、あっと口を開いた兄が、呆然《ぼうぜん》と両眼をまたたく様が、スローモーションで見えた気がした。その頭部を狙って、怒りをぶつける。

ぶん。

空気が震え、確かな手応《てごた》えがあった。高校、大学と、留理はソフトボールをやっていた。チームのキャプテンであり、ピッチャーで四番を打っていた。大学時代の公式戦で打ったホームランは、四年間のトータルで二十四本。人を殴るのは初めてだったが、その二十四本に劣らぬ手応えがあった。

殴られた頭部へと反射的に両手をやった兄は、よたよたと背後によろけた。二階の廊下の手すりに腰の辺りをぶつけて、バランスを崩し、上半身があっという間に手すりを越えた。両手で何もない宙をつかみながら、階下のリビングへと落下した。

留理は右手をだらっとたらし、兄のいなくなった空間を見つめた。右手には、手製のブラックジャックが握られていた。スポーツ用のソックスに、土を詰め込んだものだった。そんな簡単な武器なのに、効果は絶大だ。

呼吸を整えながら、部屋を出た。心臓はことことと打ってはいたが、息苦しいほどの動悸《どうき》ではなかった。お化け屋敷の暗闇を覗《のぞ》き込む時のような、恐怖だか期待感だかわからない感情につきまとわれながら、少しずつ上半身を乗り出し、一階のリビングを見下ろした。

兄は、四肢をおかしな格好に投げ出して、リビングの床に横たわっていた。口を半開きにし、光のない両眼を見開いていた。

死んでいる。

腹の底のざわめきは、明らかに恐怖が引き起こしたものだった。だが、この男の死が恐ろしいわけではなく、むしろ、もっと早くにこうしておくべきだったという気がした。

恐怖は、今この瞬間から、自分が見知らぬ新しい世界に足を踏み入れたことへのものだった。私は、殺人者になったのだ。

新たな闘いの始まりだった。

4

「今、何時？」

後部シートからの横柄な声に、中嶋耕助《こうすけ》は内心でうんざりしながら、ダッシュボードの時計に目をやった。

「十四時二十七分です」

バックミラーにちらっと視線を向けると、シートにふんぞり返って坐る福田麻衣子と目が合ってしまい、あわててフロントガラスに向き直った。

この女とは、もう足掛け七年のつきあいになる。先代の社長の秘書として雇われた時から、口調は丁寧だが、運転手を見下すような、慇懃無礼な振る舞いがしみついた女だった。思えば、あの時、奥様はもう亡くなっていたので、社長とは既に一線を越えた関係だったのだろう。中嶋は、そういうことには疎《うと》いほうだった。それに、運転手として、雇い主のプライベートなことにはできるだけ見て見ぬ振りをするのが習慣だったが、それでも時折、ふと不審に感じる時があった。

だが、先代の頃はまだ、こんなに尊大な態度を取ることはなかったし、秘密にしておくべき関係を、ためらいもなく大っぴらにすることもなかったのだ。もちろん、プライベートで、こうして運転手つきの社用車を使うこともだ。

先代の死後、長男の要次と麻衣子がそういう関係になったことは、中嶋の目にもすぐにわかった。ふたりは、後部シートでもたれ合い、抱き合い、時には口を吸い合うことすらあったからだ。そして、いつしかなし崩し的に、麻衣子が中嶋を顎でこき使うようにもなった。

長男の要次は、容姿こそ父親の玄一郎と似ていたが、中身はまったく違う。仕事に対する感覚や取り組み方が違うのはもちろんだが、運転手という立場で玄一郎に仕え続けた中嶋からすれば、普段の酒の飲み方から、異性とのつきあい方まで、まったく月とスッポンだった。要次は週に何度もホステスのいる店に出入りし、飲んでいる間中、店の近くで中嶋を待機させた。そして、何度かに一度は、安っぽい匂いをぷんぷんさせたホステスと一緒に乗り込んできて、後部シートでいちゃついた。女を自宅まで送るのはあたりまえ、相手をうまく口説き落とせた時には、ホテルに回らされた。そんな時だけは、さすがにもう帰っていいとのお達しが出たが、そうでない場合は、延々とつきあわされるのがオチだった。

昨夜も、明け方の四時頃に、八王子のお屋敷まで送らされたのち、自宅に帰ってようやく床につけたのが六時頃、少し眠ったと思ったら、この女秘書から電話が入り、美容室へ行くので、昼前に自宅のマンションまで迎えに来るようにと呼び立てられたのだった。

「あと、どれぐらい？」

後部シートからの声に、中嶋はフロントガラスから目を動かさないようにしつつ、口を開いた。

「じきに高速を下りますし、三十分とかからないと思います」

車は今、八王子を目指し、中央自動車道を走っていた。週末の観光に高速道路を使う人たちの波は、もうすぎた時間帯だった。道はそれほど混んではおらず、特に調布をすぎてからは、すいすいと進んでいた。

「じゃ、急いでちょうだいね。私、こうして移動する時間って退屈で、嫌いなの」

中嶋は「はい」と低い声で応じたが、運転を変えることはなかった。こんな女の求めに応じるなど、まっぴらだ。

「ねえ、中嶋さん。あなた、知ってる？」

無言でしばらく走ると、またもや後部シートからの声。中嶋は、かたくなにフロントガラスを見つめ続けた。

「何です？」

「専務、婚約したらしいわね」

「――そうなんですか？」

何と応じていいかわからず、とりあえずそう尋ね返した。

専務とは、これからこの女が会いに行く沢渡要次のことだった。この要次が、大手小売チェーンを経営する社長一族の次女と結婚する予定であることは、社内のしかるべき部署では、既に噂になっていた。

福田麻衣子は、その噂が、運転手ふぜいの耳にまで達しているのかどうかを確かめたいのだろうか。中嶋はそう思いかけたが、すぐに別の考えが浮かんだ。この女は、自分が決して蚊帳《かや》の外にいるわけではないことを、こんな場所でもきちんとアピールしておきたいのかもしれない。

で、噂が本当だったなら、この女はどうするつもりだろう。

「あなた、何も知らなかったの？」

「ええ。私は、そういうことには疎いものですから」

中嶋はとりあえずそう応えてから、もう少しつけ足しておくことにした。

「それは福田さんも御存じでしょ」

愛想笑いを浮かべてバックミラーを見たが、またもや後悔がつのる。この女は、いつからこんな傲慢《ごうまん》な顔つきになったのだ。

中嶋は、一旦追い越し車線に出た。前をちんたらと走るワゴンの横に並ぶ。

「あの人、私と別れたがると思う？」

どぎまぎした。

「そんなこと、私にはわかりませんよ……」

ワゴンを追い抜き、前方に出た。走行速度を再び百キロ未満に落とす。

「ねえ。あの人が、私と別れたらいいと思ってるんでしょ。そしたら、もうこの女に顎でこき使われることもないって。だけど、お生憎《あいにく》さまね。あの人ね、私とだけは別れられないのよ。知ってた？」

「いや、私は……」

「まあ、知るわけがないけれど、別れられないのよ」

くっくと、何かの動物が漏らすような声がした。

その気色の悪い笑いが途切れたと思ったら、いきなり甘ったるい声が聞こえてきた。

「私よ、もう嫌になっちゃう。せっかく予約して行ったのに、インフルエンザで熱が出ちゃったんですって」

バックミラーを見ると、麻衣子は携帯電話を口元に当てていた。

「携帯に伝言を残したって言うんだけれど、そんなの、聞いてないもの。本人と話せるまで、かけなけりゃだめよね。むしゃくしゃしたんで、買い物に回ったけれど、それでももう高速。あと二、三十分ぐらいで、そっちに着くわ。DVDは買っておいてくれた？　楽しみ。それじゃね」

留守電になっているらしい。麻衣子は、そんな伝言を残して電話を切った。

インフルエンザで熱が出たというのは、原宿の美容師のことだった。麻衣子を美容院に送り届け、近くの路上パーキングに駐車して、睡眠不足を補うために運転席をリクライニングさせて目を閉じたら、すぐに携帯で店に呼び戻されてしまった。その後、気まぐれの買い物につきあわされ、今に至る。

「ああ、もう退屈。早く着かないかしら」

麻衣子はそう吐き捨てるように言うと、後部シートのテレビをつけ、適当にチャンネルを替え始めた。

この女が、しばらくはこのまま黙っていてくれることを祈りつつ、中嶋はハンドル操作を続けた。

5

電話が鳴り、留理はどきっとして上半身を起こした。要次の死体を引きずり、ちょうど廊下に出たところだった。反射的にリビングのほうを見る。電話は、インタフォンや門扉の自動開閉スイッチとともに、リビングと廊下をつなぐ出入口の隣りにあった。

じきに留守電の録音が始まり、福田麻衣子の声が聞こえてきて、留理はつかんでいた死体の腕を放した。リビングに入り、耳を澄ます。

――あと、二、三十分で、あの女がここにやって来る。

そんなメッセージが残されて、電話は切れた。

約束よりも、ずっと早かった。留理は、改めて今後すべきことをシミュレーションした。計画に、小さなズレが生じていた。殴り殺した兄の体が、そのまま二階の廊下の手すりを越え、階下のリビングに落ちてしまったためだった。二階ならば、ちょっと引きずるだけで部屋の中に隠せたが、一階ではそうはいかない。最初は兄の足を持って引きずったのだが、リビングを出ないうちに、すぐにバスローブがまくれてしまった。兄のたるんだ体を見ることの生理的な不快さもさることながら、引きずったことが警察にばれるような痕跡《こんせき》を残したくなかった。あわててバスローブを直し、今度は両手を持って引きずった。廊下を横切り、客間に隠す途中で電話が鳴ったのだった。

福田麻衣子がやって来た時、決して兄の死体を見られてはならない。廊下に戻った留理は、再び死体の両腕をつかみ、力を込めて引きずった。客間には絨毯が敷いてあり、奥まで引きずることは難しい。入口を入って右側の床に置き、廊下に出てドアを閉めた。

リビングに戻ると、ナップザックからICレコーダーを取り出し、再生ボタンを押した。兄とした会話を倍速で聴き直しながら、どこか使える箇所がないかを探す。

麻衣子は社用車を、我が物顔で使っている。門に乗りつけた時、おそらくは運転手の中嶋が車を出て、インタフォンを押すはずだった。

その時、何か簡単な一言でいいから、兄の声を聞かせてから門扉を開けたかった。麻衣子が訪ねてきた時、兄がまだ生きていたことを印象づけたい。

しかし、適当な箇所が見つからなかった。

時計を気にしながらICレコーダーを操り、適当な「声」を探し続けたが、留理はやがて諦《あきら》めた。

いがみ合うとは、こういうことなのか。言葉の応酬は、どの箇所にも相手への敵意が感じられ、毒があり、運転手に聞かせる気軽な「応答」としては不適当なものばかりだった。

大丈夫、と自分に言い聞かせる。

これは齟齬《そご》というほどのものじゃない。


インタフォンが鳴った時、留理は二階の階段の降り口に坐っていた。そこからならば、吹き抜け天井へと連なる巨大なガラス壁の向こうに、門の表に停まる車が見えた。留理は額の汗を拭って腰を上げた。兄の体を移動させる間に、すっかり汗ばんでしまっていた。表にいるのが社用車であるのを確かめた上で、階段を駆け下りた。

インタフォンの通話スイッチを押すと、中嶋の声が聞こえてきた。

「中嶋でございます。秘書の福田さんをお連れしました」

中嶋耕助とは、父が元気だった頃からのつきあいだった。留理も社用で時折、運転を頼むことがあるが、こんなにへりくだり、四角ばった敬語を使う男ではなかった。兄との間のこの喋り方は、相手をうやまう故《ゆえ》のものではなく、むしろ敬語を使うことで、人間関係に距離を置きたいと願うニュアンスが感じられた。

留理は何も応えずに通話を切ると、門扉の開閉スイッチを押した。

リビングの窓辺に立って様子を窺っていると、中嶋の運転する車が門を抜け、屋敷の表の駐車場へと入ってきた。停まった車の後部シートから、福田麻衣子が降り立った。さすがに中嶋に後部ドアを開けさせはしなかったが、愛想もなく、歩き出す。アプローチを進み、玄関口への数段の階段を上る辺りで、リビングの窓からは見えなくなった。

中嶋が車を切り返して、門へと戻る。麻衣子は勝手に玄関の鍵が開いていると判断したらしく、把手《とって》を握ってがたがたと言わせた。留理はそれを無視し、車が完全に表に出るのを待って表門を閉めた。

麻衣子が、ドアチャイムを鳴らし出す。留理は唇を薄く開き、息をゆっくりと吐き抜いた。リビングから廊下に出る。

玄関ドアは、真ん中に縦長のステンドグラスがはめ込まれており、色鮮やかなガラスの向こうに、どんよりと曇った人影が動いていた。

留理は玄関に近づき、上がり框《かまち》から片足だけ下ろしてドアのロックを解除した。

麻衣子が、すぐにドアを引き開けた。その顔には、いらだちの中にも、親しい間柄の相手に見せる打ち解けた表情があったが、廊下に立つのが誰かを知って顔を強張らせた。

「ここで、何をしてるのよ？」

敵意をむき出しにして、睨《にら》んでくる。

「専務はどこ？」

「父の書斎にいるわ。三人で、きちんと相談したいそうよ」

留理は自分の声が冷ややかで、しかも凛《りん》と響くのを小気味よく思った。

「何を今さら話すのよ？　もう、済んだでしょ」

「いいえ、済んでなんかないわ。あなたたちは、私に球をぶつけてきた。今度は、私がぶつけ返す番よ。切り札を見せてあげる」

麻衣子の眼光が、鋭くなった。兄よりもずっと賢い女だ。今度のことだって、この女の差金《さしがね》にちがいない。兄が、自分で思いつくわけがないのだ。

「あなたに、切り札なんかないわ」

「いいえ、あるの。こっちに来て」

留理は麻衣子の言葉をさえぎるようにして言うと、背中を向けてリビングに入った。そのまま、階段を上る。はったりをかますには、自信満々な態度でいることだ。

「ちょっと、待ちなさいよ。切り札って何のことよ——」

留理は階段の途中で立ち止まり、階下の女を見下ろした。

「兄が答えるわ。いい、私たちは、腹違いとは言っても兄妹なのよ。父を守りたいって気持ちは、一緒。お生憎だったわね。血のつながりのない人には、この気持ちはわからないわ」

吐き捨て、残りの階段を上ると、麻衣子があわてて追ってきた。

階段を上りきったところで、留理の肩に手を置き、押しのけた。真ん中の部屋に向けて、廊下を走る。

留理はその背中を睨みつけながらポケットに手を入れ、手製のブラックジャックを握り締めた。

「要次さんったら、どういうことよ。これはいったい、どういうことなの!?」

喚《わめ》きながら、父が書斎として使っていた部屋へと飛び込んでいく。

留理は部屋の戸口に立った。

「何よ、いないじゃ――」

振り向き、そう言いかける女の頭部を狙い、思い切りブラックジャックを振り下ろした。だが、兄の時よりも狙いが正確に合わず、頭からそれて肩に当たった。

麻衣子が悲鳴を上げた。

留理はすぐに構え直し、二打めの攻撃を放った。麻衣子が右手で頭部をかばい、またもや完全な攻撃にはならなかった。

「ちょっと、あんた。何をするのよ!?」

喚きたて、摑みかかってこようとする隙《すき》を突き、やっと三打めで頭部を捉《とら》えた。

脳震盪《のうしんとう》を起こしてふらふらと坐り込んだ麻衣子に、さらなる攻撃を見舞いかけ、すんでのところで思いとどまった。だめだ、違う。予定通りに行動しなければ……。

留理はかつて父母の寝室だった部屋に取って返し、壁に立てかけてあるゴルフバッグから、兄のクラブを一本抜き出した。

ゴルフクラブを手にして戻ると、部屋の壁に背中をもたせかけてしゃがんだ麻衣子は、ぼうっと虚空《こくう》を見上げていた。ゆっくりと留理の顔に視線を移してきてもなお、あいまいな表情のままだったが、留理がクラブを振り上げると、おそらくは無意識の防衛反応で右腕を上げた。

麻衣子の顔に、ほんの短い一瞬だったが、確かに恐怖が広がる。

その唇から漏れる、呻《うめ》くような悲鳴を聞きながら、留理はゴルフクラブを振り下ろした。

その瞬間に、はっきりとわかった。本当に自分が殺したかったのは、この女なのだ。

福田麻衣子の死体を引きずり、二階の廊下に放置した留理は、かつて父が書斎として使っていた部屋へと戻った。クロゼットに歩き、ポケットから出したライダーグローブをはめて扉を開けた。指先が動きやすいように、薄手のものを選んでいた。

クロゼットの中に収められた金庫へと屈《かが》み込み、開けた。それは父の時代から使っていた金庫で、扉の開け方もわかっていた。

中には、百万円の束《たば》がいくつか積み重ねられていた。帯封のついたままの札束が五つ。五百万だ。生前、父の趣味は骨董《こっとう》品的な家具を買うところにまで広がり、その挙句、晩年は壺や掛け軸等の骨董そのものにまで興味を示すようになっていた。そのため、いつでも手元にある程度の現金を置いておき、気に入った品を屋敷に届けさせた時の支払いに充《あ》てていた。

金庫には、当時はプライベートな書類も入っていたが、父の死後、そういったものは大幅に減った。兄は現金を手元に置く習慣だけを父から受け継ぎ、他人には理解できないような骨董や美術品のたぐいを時折、衝動買いするほか、父とは違った目的にまでも、金庫の金を使っていた。

ここに今日、現金があるとは限らなかったので、留理が持ってきたナップザックの中には、出所がわからないように工夫した現金が入っていた。しかし、金庫の現金を使うほうが、ずっとベターだ。一万円札百枚の「小束」で出金する場合、銀行は事故防止のために必ず帯封をし、帯紙を巻いた人間の印鑑と銀行の確認印を押す。出金した場所も日時も、そして、出金の合計金額も、すぐにわかる。

それに、紙幣番号もだ。

留理は金庫から三つの札束を持ち出し、元通りに扉を閉めた。兄から別れ話を切り出された秘書にして愛人の福田麻衣子が、かっとして言い争いになるのには、三百万ぐらいの手切れ金が適当だと思われた。金をポケットに入れて、部屋を出た。

廊下の壁に立てかけておいたゴルフクラブを手に持ち、階段を下りた。リビングに着くと、気になっていたICレコーダーの録音を消去した。こんなものを残しておけば、紛《まぎ》れもない殺人の証拠になると思うと、気色が悪かった。さらには電話台へと歩き、福田麻衣子からの留守電も消した。

そのあとは、また面倒な作業が待っていた。男の体を引きずるのに、こんなに力が要《い》るとは思わなかった。本来の計画では、先に殺害した要次の死体を、二階のかつては父母の寝室だった部屋に隠しておき、表の廊下で麻衣子を殺害、最後に要次の死体を階下へと落とすつもりでいた。廊下の手すりを越して落とすのに力が要ることは覚悟していたが、これならば死体を動かす距離は短くて済んだのだ。それなのに、殴られた要次が手すりを越して落下してしまったために、こんなことになってしまった。

留理は死体の両腕をつかみ、客間から廊下、そしてリビングへと引きずった。まったく、死んでもなお手間をかけさせる男だ。

兄の死体を、さっき落下した場所へと戻した。ハンカチを出し、ゴルフクラブについた自分の指紋を拭き取ると、一旦、死体の手に握らせてから近くに置いた。さらには、さっき要次と一緒の時に触れたコーヒーメーカー、ポット、カップなども綺麗に拭いた。

応接テーブルに歩き、見回した。チェアマンソファの正面には、食い散らかされたピザが、蓋《ふた》を開けたデリバリーの箱のままで置いてあった。それをテーブルの右側へとずらし、空のワイングラスとボトル、それにネクタイを左へとずらし、金庫から持ってきた三百万の札束を真ん中に置いた。ジッポとたばこを、札のほうへと少し寄せた。

キッチンに歩き、冷蔵庫から缶ビールを取り出した。食器棚からグラスを出し、そのふたつを持って階段を上がり、麻衣子の手に握らせて両方に指紋をつけた。階下に戻り、缶ビールのタブを開け、半分ほどをグラスに注いでテーブルに置いた。

テーブルの傍らに立ち、腕時計を見ると、まだ三時十五分だった。予定よりも早くに済んだ。福田麻衣子が予定より早く来てしまった時にはあわてたが、結果としては、アリバイに用意した店の小部屋へと戻れる時間が早まる。むしろ、よかったのだ。

留理は、改めて部屋を見回した。何かとんでもない見落としがあるような恐れに囚《とら》われ、自分の行動をさらい直してみたが、何ひとつ誤りは見つからなかった。

大丈夫だ。何かが気になる気がするのは、強迫観念にすぎないはずだ。そう判断した留理は、壁際のナップザックを拾い上げて元のように背負い、廊下に出た。

玄関へ向かい、上がり框に立つ。スニーカーに足を入れようとして、ふっと動きをとめた。

見えない何かに、頬を撫でられたような違和感を覚えて振り向いた。何かが気になっている気がするのは、強迫観念だ……。胸の中で、そう呟《つぶや》く。しかし、どうも嫌な気がしてならず、廊下を逆の方向へと向かった。

風呂場が近づくと、脱衣所のドアが開いており、中から湯気が漏れていた。麻衣子が来たら、一緒に入るつもりだったのか。

警察が死体を見つける時には、湯はすっかり冷めているし、ふたりで入るつもりで張ったものだと考える人間はいないかもしれない。だが、湯がないほうが、より自然だろう。

留理は、風呂の栓を抜いた。

6

翌日、日曜の朝六時、沢渡留理は吉祥寺にある自宅マンションの周辺をジョギングしていた。時間に余裕のある時、三、四十分から一時間ぐらいのジョギングを楽しむことが、ここ数年の習慣だった。自宅や職場の周辺には、お気に入りのジョギングコースがいくつかあり、気分や距離に合わせて、走るコースを選ぶ。マラソン大会のたぐいにエントリーしたいと思ったことはなかったが、ひとりで自由に走ることで、健康増進にも、気分転換にもなる。ふっといいアイデアが浮かぶこともあるし、シャワーを浴びて汗を流し、新たな気持ちで仕事に向かうと、またやる気が湧いてくる。

だが、今朝はいつもとは違った。

昨夜、ベッドに入ったのは、いつも通りの深夜〇時前後だった。睡眠薬の助けを借りることもなく、すぐに深い眠りが訪れた。兄とあの女に今度の難問を突きつけられてからの三日間、不眠症気味になっていたのとは、むしろ対照的なほどだった。自分自身の手で、揉《も》め事を解決したためにほかならない。

しかし、四時すぎにふっと目覚めてしまったら、二度と眠りは訪れなかった。不安や恐怖のせいではなかった。これから始まる新たな闘いのことを想像すると、高ぶりを覚え、目が冴《さ》えてしまったのだ。

何度か寝返りを打ったり、毛布を思い切り引き上げて顔の周りが暗くなるようにしてみたりしたが、最後にはそんな努力を諦めた。それから一時間ちょっとの間は、仰向《あおむ》けに大の字になって、力を抜き、ひたすらに体の疲労を取ることに努めた。たとえ眠ることはできなくても、そうして力を抜いて横たわるだけで体は休まるのだという話を、何かの雑誌で読んだことがあった。

窓の外が明るくなると、留理はベッドを抜け出した。準備運動をして、朝の街へと走り出した。気がつくと、いつもよりも長い時間走っていて、マンションの自室に帰り着いた時には六時半をすぎていた。コーヒーを淹《い》れ、ハムと卵を焼き、トーストを作り、いつも通りにサラダたっぷりの朝食をとった。

その後、仕事用に置いてある窓辺の事務机に陣取り、仕事関係の書類に目を通し、店舗ごとの問題点の洗い出しや、売上対策の検討を行った。新商品の情報収集や、広告デザインのチェックなど、しなければならないことは山ほどある。一旦仕事を始めると、いつものように没頭し、あっという間に九時になった。

だが、そこからの一分一秒は、亀の歩みよりも鈍かった。

九時きっかりに仕事を終え、机の周りを片づけた留理は、携帯を机の充電器からはずして持ち、リビング・ダイニングへと移動した。家の電話は、そこにある。テーブルの椅子《いす》を引き出して坐り、携帯を目の前に置き、電話のほうを向いて足を組んだ。

毎週日曜の朝九時には、八王子の屋敷に、ハウスキーピングを頼んでいる家政婦協会の人間がやって来る。日曜に掃除を頼むのは、生前の玄一郎が作った習慣だった。小売業は、土日が稼ぎ時だ。《沢渡家具》も店舗の定休日は水曜日。土日は出勤日で、社長の玄一郎も決して休むことはなかった。一週間が始まる日曜日は、店舗も特に綺麗に掃除をしてお客様を迎えるというのがモットーで、自宅にも同じ習慣を徹底したのだ。

ただし、父が亡くなり、兄が屋敷を週末の別荘代わりに使うようになってからは、日曜に来る家政婦の役割が変わった。ぐうたらをして起きてくる兄のために朝食を作ることが、彼女たちの最初の仕事になっていた。

家政婦協会の人間は、時間通りにやって来る。九時三分、もう屋敷の北側にある勝手口のインタフォンを押しているにちがいない。そして、応答がないので、取り決め通りに合鍵で勝手口のドアを開け、屋敷の裏庭に入る。同じく合鍵で、裏口のドアを開ける。九時五分。もう屋敷の中に入っている頃だろうと想像しながら、留理は足を組み直した。

裏口のドアは、浴室とトイレが並ぶ廊下の突き当たりだった。入った左側にはそのふたつが、右側には控えめな大きさの和室がある。この部屋を、留理の母はなぜだか気に入り、玄一郎から貰い受けて自分の部屋にした。母は玄一郎が留守でひとりの時、この部屋ですごすことが多かった。北西向きで、しかも勝手口に近い部屋を好む母の気持ちが留理にはわからなかったが、今にして思うと、母は亡くなった先妻に気を遣《つか》っていたのかもしれない。先妻が生きている間から、父の愛情のいくばくかを奪い取り、そして、留理を産んだことを、どこかでずっと引け目に思っていた節がある。玄一郎のたっての望みであの屋敷に移り住むことになった時も、母は最後まで悩み、心を決め兼ねていた。

先妻の息子である要次と、同じ屋根の下で暮らすことが、母のためらいの大きな理由のひとつだった。母は何かと要次に気を遣い、そして、要次は母を貶《おとし》めるような態度を取り続けた。その頃のことを思い出すと、あの腐った男への新たな憎しみが湧いてきて、留理はあわてて打ち消した。もう、憎悪を抱《いだ》く段階はすぎた。憎しみに足を取られるよりも、前へ前へと進むべき時だ。

時計の針が九時十分に差しかかり、いらだちの中に不安が混じった。なぜ、連絡が来ないのだ。既に間違いなく死体が発見されているはずだ。それなのに、どうして電話が来ないのだろう……。

鳴ったのは、家の電話ではなく、携帯電話のほうだった。緊急時の連絡先として、家政婦協会に、携帯電話の番号を伝えてある。

携帯を取り上げ、ディスプレイを見ると、家政婦としてもう何年もあの屋敷を担当してくれている「三宅《みやけ》」の名前が表示されていた。

留理は勢い込んで通話ボタンを押しそうになり、思いとどまった。ゆっくりと呼吸をしながら、呼び出し音をいくつかやりすごす。胸の中で、自分に言い聞かす。私は連絡を待ち受けてなどいなかった。何の用なのかといぶかりつつ、電話に出なければ。

通話ボタンを押して、口元へと運んだ。

「もしもし、家政婦協会から八王子のお宅に派遣されております、三宅でございます」

確かフルネームは、三宅靖子《やすこ》。六十近い小柄な女で、人柄は温厚そのもの。いつも、控えめな静かな声で、ゆっくりと噛んで含めるような口調で話す。

それが今は、階段を駆け下りるような早口で、しかも、息が乱れていた。

「ああ、どうも。御無沙汰ですね」

「御無沙汰してます」

靖子は、留理の声に上から塗り込めるようにして言葉を重ねた。

「実は、お宅に強盗が入ったんです」

「――え？」

留理は小さく声を漏らし、絶句した。

何の話かわからなかった。

――今、強盗と言わなかったか？

――いったい、何のことなのだ？

「強盗って、そんな……。どういうこと？　よくわからないわ。落ち着いて、ゆっくり話してください」

「すみません。いきなり、驚かせてしまいまして……。今日は、お宅をお掃除する日なんです」

「ええ、日曜日ですものね。それは知ってます。で、いったい何があったんです？」

留理は、先を急《せ》かした。今日が担当日であることなど、わかっている。それ以外に、家政婦が、屋敷に足を運ぶ理由などないではないか。

留理のいらだちが伝わったらしい、靖子はあわてて先を続けた。

「裏口から入ったんです、私。インタフォンを押しても、何のお答えもなかったものですから……。そしたら、和室が荒らされていて……。それに……、どうか驚かないでお聞きになってください。リビングで、お兄様が……」

「兄が、どうしたというの？」

「亡くなってたんです」

「亡くなるって……」

「だから、強盗に、殺されたんです……」

――なぜこの女は、強盗、強盗、と繰り返すのだろう。

――私が行った偽装工作は、いったいどうなったのだろう。

「荒らされていた和室っていうのは、それって、母が使っていた部屋のこと――？」

「そうです……。裏口から入って、右側の部屋です」

「何かなくなっているの？」

「それはまだわかりません……。でも、お母様の部屋が荒らされてましたし。——それに……、お兄様が、あんなことに……」

「とにかく、すぐにそっちに行きます。ああ、待ってちょうだい。警察には、連絡は？」

「はい、たった今、一一〇番しました。屋敷の中にはいないようにと言われまして、私、今、表から電話を——」

「わかったわ。大変でしょうけれど、しばらく、よろしくお願い。私もすぐに駆けつけますから。警察の方がいらしたら、なんでも言う通りにしてください」

留理は電話を切ると、息を吐き、右手で耳たぶをいじり始めた。幼い頃から、落ち着かない時に、無意識にそんなふうにする癖があった。

いくら考えても、わからなかった。

いったい、何が、どうなっているのか、いったいどうなっているのだ。

7

中学生の時に引っ越して以来ずっと「我が家」だった屋敷は、留理が初めて目にする様相を呈していた。門が大きく開け放たれ、中にある三台分の駐車場を埋めて車が駐《と》まるだけではなく、その車両の後ろには、さらに三台の車が、門から後部をいくらか突き出すようにして駐まっていた。表の通りは、車が悠々とすれ違う幅のある生活道路だったが、その片側も、屋敷の塀に沿って、何台もの警察車両で占められていた。

塀に沿って駐まる車の一番後ろに駐車したところ、通行を誘導し、やじ馬を整理している制服警官のひとりが、走って近づいてきた。

留理は運転席から降り立つと、自分がこの家の人間であることを告げた。ドアをロックし、表門のほうへと進む留理を、制服警官がやじ馬をよけてエスコートしてくれた。

留理は、つき添ってくれた制服警官とふたりで門を入った。建物へと続くアプローチを、警察の関係者たちがせわしなく行き来していた。

玄関に入ると、廊下に背広姿の男が立っていた。三十前ぐらいの若者だった。制服警官の耳打ちを受け、留理に真っ直ぐ向き直った。

「御家族の方ですね。このたびは、御愁傷様でした」

しゃちこ張ってはいるが、気持ちの入った言い方だった。

「いったい、何があったんでしょう？　兄が殺されたって、本当なんですか――？」

靴を脱いで框に上がり、先を進もうとする留理を、背広の男があわててとめた。

「少しお待ちになってください。今、上司を呼んで参りますので」

留理は、黙ってうなずいた。

制服警官のほうは頭を下げて表へと戻り、彼女は上がり框にひとりで残されることになった。廊下の行き止まりで、背広を来た男たちや、たぶん鑑識課の制服だろうと思われる濃紺の服を着た男たちが、せわしなく行き来し、動き回っていた。生前の母が使っていた小さな和室は、その行き止まりの真正面だった。そこにも、何人もの男たちが出入りしている。

だが、人の気配が多いのはむしろ、廊下の手前、左側にある、リビングだった。

留理は、ゆっくりと廊下を移動した。半ば無意識の動きだった。リビングの中には、今なお兄の死体が転がっているのだろうか。リビングの入口に差しかかり、ためらいがちに中を覗き込む。視界が少しずつずれて来て、兄の死体があった場所が近づいて来る。

しかし、死体は既に移動されており、なくなっていた。反射的に、二階の廊下へと視線を上げるが、そっちの死体がどうなったのかはここからでは見えなかった。

リビングの真ん中に立つ四十代後半ぐらいの男と、さっき廊下に立っていた男とが話していた。

その男たちへと一旦は視線を動かした留理だったが、すぐにふと別の人影に注意を引かれた。

背の高い女だった。それが、上半身をかなり大きく右側へとかたむけ、じっと床の一点を見つめていた。年齢はおそらく留理よりも何歳か下で三十代前半。そうして一点を見つめる姿が非常に印象的な理由は、すぐにわかった。まるで子供のような仕草だ。夢中になる何かに出合った時、子供は我を忘れてじっと見つめる。見つめることにのみ注意を奪われ、自分がどんなふうに見えているかは考えもしない。たとえ手にしたアイスクリームが溶け出しても、紙コップがかたむいて中身がこぼれ、ズボンやスカートが濡れたとしても、母親が誤ってどこかへ離れたとしたって気づかない。ひたすら見つめる対象にだけ夢中で、自分のことなどすっかり忘れてしまっている子供。あの長身の女の仕草は、そんな子供に近かった。

ツーシーズン用の飾り気のないスーツを着た女が見つめるのは、兄の死体が横たわっていた場所ではなく、そこからリビングの入口方向へとずれた床だった。いったい、何を見つめているのか。

「お待たせしました。私、警視庁捜査一課の綿貫《わたぬき》と申します」

若い男と話していた年配のほうが、留理に近づいてきて挨拶した。猪頸《いくび》で、がっしりとした男だった。低い声が、少し口の中にこもっているような喋り方をする。

「家族の方だと伺《うかが》いましたが、こちらにお住まいですか？」

「いえ、今は吉祥寺におります。刑事さん、兄が殺されたと聞きましたが、本当なんでしょうか？」

綿貫は、唇を引き結んで顎を引いた。

「免許証が見つかりました。恐れ入りますが、確認いただけますでしょうか？」

「見せてください」

綿貫は内ポケットを探り、証拠保全用と思われるビニール袋に入れた免許証を差し出した。

「御覧になってください」

留理は、恐る恐ると見えるように手を差し出した。

「なんてことかしら……。間違いありません。兄の免許です……」

免許証の顔写真に目を落としたまま、低いかすれ声で言ってから、じっと綿貫を見つめ返した。

「死んでいたのは、ほんとにこの人なんですか？　間違いないんでしょうか？」

「はい、残念ながら――。お悔やみ申し上げます――」

悲しみにくれた顔を伏せかけた時、またもやあののっぽの女の動きが目に飛び込んだ。

女が歩く先には、担架に乗せて床に置かれた薄いグレーの布袋があった。人の形にふくらんでいる。

女は、その布袋の上部にあるジッパーを引き開けた。兄の顔が現れ、思わず息を呑《の》む留理の前で、女は死体に屈み込んだ。腰の後ろ辺りに手を差し入れて動かそうとするが、すぐに考え直して周囲を見回した。

「ちょっと誰か、手を貸してください」

振り向いた綿貫が、女がやろうとしていることを見てうろたえた。

「花房《はなぶさ》君！　きみは、何をやってるんだ。花房君、ちょっと――」

驚き、叱責《しっせき》する。

「失礼します」と口早に言い置くと、綿貫は花房と呼ばれた女の前に移動した。

「御遺族が来てるんだぞ。きみは、御遺体に何をするつもりかね？」

潜《ひそ》めた声で訊く。

「調べたいことがあったものですから」

女の声には、臆《おく》さない堂々とした響きがあり、綿貫ほどに潜められてもいなかった。

「それは、鑑識や監察医の仕事だろ。いいから、こっちへ来たまえ」

綿貫が強く言う。実際にそうすることこそなかったものの、人目がなかったとしたら、耳をつまんで力任せに引きずりかねないような口調だった。

ふたりそろって、留理の前に戻ってきた。そうして目の前に立たれると、女の背の高さがいっそう際立った。綿貫は大柄でがっしりとした男だったが、彼女の背丈はほとんど彼と変わらない。身長一五七センチである留理との差からすると、一七四、五は確実にある。

「こちら、部下の花房です」

綿貫にそう紹介され、女は頭を下げ、

「花房京子《きようこ》です」

と、フルネームを名乗った。

「沢渡留理です。いったい、何があったのでしょうか？」

綿貫が、京子に顔を寄せた。

「免許証の写真を確認いただいた」

「そうでしたか。お悔やみ申します。課長、もうひとりの仏《ほとけ》さんのほうも、確認いただだいたらどうでしょうか？」

京子の言葉に、留理は素早く反応した。

「もうひとりって……、まさか、誰かもうひとり殺されたんですか？」

「残念ながら、その通りです。免許証のほかに、社員証も身につけておられまして、身元がわかっています。《沢渡家具》の秘書課にお勤めだった、福田麻衣子さんという方なんですが」

「福田さんが……。そんな、なんてこと――」

「御存じなんですね？」

「もちろんです。父の代から、ずっと働いてきてくださった方です」

先ほどと同様に、綿貫がポケットから、やはり証拠保全用のビニールに収められた免許証を抜き出した。

「恐れ入りますが、念のために御確認いただけますか。失礼します。そちらはお返しください」

留理がまだ持ったままだった兄の免許証を受け取り、入れ替えで麻衣子のものを差し出して来る。

留理は兄の免許証を見た時と同じぐらいの時間、ろくでなしの女の免許証も見つめてから、おごそかにうなずいた。

「間違いありません。弊社の福田です」

免許証を綿貫に返し、彼と京子の双方に視線を動かした。

「強盗だと聞いたんですけれど、もうちょっと詳しく状況を説明いただけますか？」

「裏口に近い和室の窓が、開いていました」綿貫が言った。「賊は、そこからお屋敷に侵入したものと思われます。和室のタンスが、荒らされていました」

「和室が……。今、窓が開いていたと仰《おつしや》いましたが、そうすると、その強盗が、窓の鍵を壊したんですか？」

「いいえ、鍵は壊されていません。おそらくは、残念ながらお兄さんたちが、鍵を閉め忘れたんだろうと思います。賊はそれを見つけて侵入し、和室のあと、このリビングに来ました。そして、二階へ上がったところ、そこにいたお兄さんと、秘書の福田さんに出くわしてしまった。争いになり、お兄さんは賊に押されるか何かして、手すりを越え、リビングに落下して、亡くなった」

淡々と説明を続けてきた綿貫は、そこで一旦話すのをやめ、留理の様子を窺った。

「申し訳ありません。大丈夫ですか？」

「ええ、大丈夫です……。どうぞ、お続けになってください」

「それでは、もう少しだけ。秘書の福田麻衣子さんのほうの御遺体は、二階の廊下で発見されました。頭部に殴られたと思《おぼ》しき傷がありました。おそらくは、賊が――」

綿貫の説明を聞きながら、留理は呼吸を整えた。心臓の鼓動が速さを増し、ことことと胸の奥で鳴り始めていた。昨夜、誰かが屋敷に侵入したのだ。そして、ふたつの死体と出くわし、驚き、逃げ出した。このまま行くと、警察はふたりが殺害されたのを、この侵入者のせいだと結論づける。いや、既にその線で推測を進めていると見ていいようだ。侵入者が逮捕されれば、殺人の罪をかぶってくれることになる。そういうことか。油断して、気を緩《ゆる》めるのは危険だが、思わぬ幸運が転がり込んだといっていいのではないか。

「何点か教えていただきたいことがあるのですが、質問をしてもよろしいでしょうか?」

しばらく間を置いた綿貫は、穏やかな口調で訊いてきた。

「もちろんです。何でもお訊きになってください」

「それでは、お願いします。お兄さんなんですが、こちらでひとりでお暮らしになっていたんでしょうか?」

「いえ、違います。兄も今は、仕事が主に都心なものですから、平日は麻布のマンションに暮らしています。ここは、父が建てた家でして、私も兄も、昔はここにいたんですけれど、今は、別荘代わりに、週末だけ、主に兄が」

「なるほど。そうすると、今週も、金曜までは麻布のマンションのほうに？」

「ええ、おそらく」

「お兄さんが、いつこちらにいらっしゃったのかは、おわかりになりますか？」

「さあ、それは……。兄妹とはいっても、普段はそれぞれ別の仕事をしていますから、あまり顔を合わせることもありませんので。兄の行動でしたら、兄の部下に訊いていただけますか。あるいは、福田さんの手帳などをお調べになったら、何か書いてあるかもしれません。何しろ、兄の秘書でしたので。それと、車両部の中嶋さんに訊けばわかるのではないかしら。兄の世話をすることが多い運転手です」

「なるほど、わかりました」

綿貫はうなずきつつ、隣りの京子とちらっと目を見交わした。

それが合図だったらしく、今度は京子が口を開いた。

「お兄さんと秘書の福田さんについてなんですが、福田さんは、週末、こうしてよくこちらのお屋敷にいらしてたんでしょうか？」

「――なぜですか？」

「発見された時、お兄さんはバスローブ姿でした。一方、福田さんの服装は、親しい友人や、男友達と、プライベートで会う時のようなワンピースだったんです。それで、ちょっと——」

留理は、ためらう仕草をしてみせてから口を開いた。

「——黙っていても、すぐにわかってしまうことだと思いますので申し上げますが、兄と福田さんとは、プライベートでも親しい間柄でした。ですから、週末を、ここでふたりですごすつもりだったのではないかと思います」

綿貫と京子が、再び目を見交わした。どうやら、こういった答えを予測していたらしい。

綿貫が口を開きかけた時、裏口のほうから声がして、捜査員が顔を覗かせた。

「課長、屋敷への侵入経路がわかりました。それに、それらしいゲソ痕《こん》が見つかったんですが、ちょっと来て貰っていいですか」

「お、わかった。それじゃ、花房君。盗品の確認を頼む。沢渡さん、私はちょっと失礼します。犯人を迅速に逮捕するため、盗品のリストを作る必要があるんです。恐れ入りますが、花房が傍につき添いますので、何かなくなっているものがないか、よく思い出していただけますでしょうか」

「——わかりました。私にできる範囲で、思い出してみます」

「それじゃあ、お願いします」

留理に頭を下げ、キッチンカウンターの脇から奥へと向かおうとする綿貫を、今度は二階から捜査員が呼び止めた。

「課長、こちらも終わりました。仏さんを運び出せますが、どうしましょう？」

「わかった。よろしく頼む」

綿貫が上を向いて言い置き、歩き去る。

二体を一緒に運び出す段取りだったのだろう、兄の死体の傍に控えていた捜査員が担架を持ち上げようとすると、女刑事があわててそれをとめた。

「恐れ入ります。ちょっと待っていてください」

留理にそう告げ、手振りで担架を下ろさせた。

「待って。ひとつだけ、確認させて欲しいの。悪いけど、手を貸して」

若手の捜査員ふたりにそう言うが早いか、死体を入れた袋のジッパーを開けた。さっき、上司に注意されたにもかかわらず、行動を変える気はないらしい。

留理は目をそらし、はっとした。

応接テーブルに視線が行き、重要なことに気づいたのだ。そこにあった現金が、なくなっている。ほかにも何かが足りない気がする。

そうだ、父のライターだ。たばこのパックの隣りに立っていた、父のライターが盗まれてしまった。日時計の模様が描かれた、ジッポのライターが——。

ライターの件は、さりげなく告げても構わないだろう。父の遺品のライターを、兄は長いこと愛用していた。それが見当たらないことに、妹が気づいたとしても不自然ではない。だが、現金がなくなっていることは、話せはしない。知るはずのない話だ。このまま様子を見ることだろう。警察が、侵入者を強盗殺人犯として追ってくれれば、それに越したことはない。

留理は京子に目を戻した。女刑事は、ほかの捜査員の手を借りて、兄の死体を横向きにしていた。バスローブをまくりあげ、背中や腰の辺りを探り、証拠保全用のビニール袋に何かを入れたようだった。いったい、何をしているのだろう。

それが気にはなったが、留理はさすがに兄の死体を目《ま》の当たりにしていることが堪えられなくなって、窓辺に歩いて外を眺めた。

侵入者の痕跡を探しているのだろう、窓の外の庭にも大勢の捜査員がいて、腰を低くし、しきりと芝に目を光らせている。

「失礼しました」

背後から声をかけられて振り向くと、京子がアーモンド形の特徴的な目でこっちを見ていた。

「何を調べていらしたんですか？」

「御遺体の状態が、ちょっと気になったものですから」

「どう気になったんです?」

「ほんとに二階の廊下から下のリビングに落ちて亡くなったのだろうか、って思ったんです」

留理は、舌が乾くのを感じた。

「——だけど、綿貫さんという方がそう説明されてましたけれど、違うんですか?」

「わかりません。そう見る人もいるでしょう。だけれど、この部屋の状況は、何もかもすごく不自然です」

「何もかも、ですか——?」

「ええ、何もかもです」

京子は、あっさり言ってのけた。

自信満々であり、どこか誇らしげにさえ見える。

自分のほうから訊いてしまったにもかかわらず、深入りしないほうがいいような予感が走る。この花房京子という女は、ふたりきりになると、よくわからない居心地の悪さを感じさせる相手だった。話す時に、普通の日本人よりも長く、真っ直ぐに、相手の目を見つめるためかもしれない。表情に邪気がなさすぎるのも、さっき感じた子供のような印象を強める。子供というのは、ずけずけと相手の心中に踏み込み、掻《か》き回し、それによってどんな不都合が生じようともお構いなし。そんな驕慢《きょうまん》さを持ち合わせているものだった。

目の前の女は、そうではないのか。

8

留理は急に腹立たしくなった。持ち前の負けん気が頭をもたげ、相手の意見を何もかもきちんと聞いてやりたくなった。そして、完膚《かんぷ》なきまでに反論してやる。

「どういう意味でしょう。つまり、兄は、強盗と格闘した末に、二階から落ちて死んだのではないと？」

「はい、そんなふうに仮定すると、不自然なことがたくさんあります」

「例えば？」

「まず不自然なのは、明りがすべて消えていたことです」

「すべて消えていた？」

「ええ。ここのリビングも、キッチンも、二階の廊下も部屋も、すべてです」

「しかし、盗みを目的にした人間が入ったんですよね。当然、暗かったのでは？」

「入った時はそうでしょう。何者かは、奥の和室の窓から入ってます。そして、その部屋を物色したのち、こっちのリビングにやって来て、お兄さんたちふたりに出くわしてしまった。つまり、正確に言えば、空き巣狙いのつもりが、在宅している人間に出くわし、争いになり、偶発的にふたりを殺害した、ということになります。しかし、お兄さんと福田さんのふたりは、どうして明りをつけなかったんでしょう。たとえ明りを消して眠っていたにしろ、誰かが侵入したことに気づけば、その時点で寝室の明りをつけるはずです。さらに、廊下に出た時点で、廊下の明りだってつけるはず。もしも殺害されたのがひとりでしたら、明りをつける暇さえない間の出来事だった可能性もあるかもしれませんが、被害者はふたりです。どちらか片方が、必ず明りをつけたはずです」

「強盗犯が、ふたりを殺害したあと、消して逃げたのでは？」

「確かにその可能性はあります。ですが、普通、人は突発的に人を殺してしまったあと、わざわざ明りを消して逃げる余裕などないものです」

「無意識に消したのかもしれない。人って、あわてた時、思いもかけない行動をするものでしょ」

「確かにそうですね。仰る通り、犯人が無意識に明りを消したのかもしれない。ですが、不自然な点は、ほかにもあります」

「何ですか？」

「亡くなった福田さんの服装です。お兄さんのほうは、バスローブでしたが、福田さんはお洒落《しゃれ》なワンピースでした。そんな格好で眠っていたとは思えません」

「何も、眠っていたわけではないのでは？」

「それならば、明りをつけていたはずです。明りのついている家に、空き巣狙いが侵入するでしょうか」

「では、最初から強盗目的で押し入ってきたのでは？」

「それも変です。福田さんは二階の廊下で殺害されていて、お兄さんのほうは、二階の廊下から落下して亡くなったのだと、一応はそう推測されています。明りがついていて、しかも、ふたりが起きていたのなら、押し入ってきた賊と、どうしてそんな場所で格闘になったんでしょう。このように吹き抜け天井ですから、廊下から下のリビングが見下ろせます。賊が階段を駆け上って来るのを、そんなところで待ち構えているでしょうか。普通は、部屋に逃げ込み、ドアを押さえるものです」

「兄か福田さんは、何か武器になるようなものを持っていたとか？」

「ああ、それはいい御指摘です。そして、当たっています。お兄さんは、ゴルフのクラブを握っていたかのようにして亡くなっていました。それを武器として、二階の廊下で、階段を駆け上ってくる賊を待ち受けたのかもしれない。だけど、そうだとしたら、亡くなったお兄さんは、非常に度胸のある方です。お兄さんは、何か武道とか、格闘技は？」

「いえ、そういうことは、特には」

「男らしい、度胸のある方でしたか？」

「特に度胸があるというわけでは——。普通だったと思いますけれど」

「そうですか」

京子は下顎を引き、何かを言いよどむような顔をした。

「何ですか？　何か？」

そう促《うなが》してみると、顔を輝かせた。

「ゴルフクラブは、確かに武器として使用されました。先端部分に、血痕がついていたんです。ですが、福田さんの頭部にも、何かで殴られた痕《あと》がありました。この血痕が強盗犯のものなのか、それとも福田さんのものなのかは、検査の結果が出ればすぐにわかります」

留理は、口を開きかけて、閉じた。居心地の悪さは、最高潮に達しようとしていた。この刑事は、いったい何を考えているのだろう。どんな点に着目し、事件の筋をどんなふうに結ぼうとしているのか。

「わからないわ……。花房さん、どうも私には、あなたの仰りたいことがよくわからないんですが、そうしたら、福田さんを殺害したのは、その強盗犯ではなくて、亡くなった兄だと言うんですか？」

留理が困惑して見せたのは、必ずしもすべて演技ではなかった。ただ、強調しただけだ。

京子は留理のそんな様子に気づくと、あわてて両手を胸の前に突き出して、勢いよく振った。

「いいえ、とんでもありません。申し訳ありません。私ったら、いったい何を言ってるのかしら。お許しください。被害者の御家族を相手に……。ほんとに、私の悪い癖なんです。ついつい、頭に思いついたことを、何でも口にしてしまうものですから……」

これも演技なのか。そう思いかけたが、違う気がする。どうも、やりにくい相手だ。真っ向から相手をするよりも、適当にいなし、遠ざけたほうがいいのかもしれない。

その時、綿貫が廊下側のドアからリビングを覗き、目を丸くした。

「花房君、どうしてまだここにいるんだ？　和室のほうを、御確認いただいたのかね？」

その口調には、手を焼く部下に対する苛立ちが漂っていた。

「申し訳ありません。少し、お話を伺っていたところでした」

留理は、かすかに苦笑した。そう抗弁する京子の様子が、怖い教師に言い訳をする、高校時代の友人を思い出させたためだった。

「では、沢渡さん。恐れ入りますが、和室のほうへお願いできますか」

京子はしゃちこ張った顔をすると、丁寧すぎるほどの口調で、留理のことをいざなった。

四畳半の部屋だった。タンスをふた棹《さお》置いてしまうと、あとは三畳ちょっとの広さしかない狭い部屋の座布団に坐り、何かをしている母の姿が目に焼きついていた。広いリビングでくつろぐよりも、この狭い部屋を好むような雰囲気のあった母のことを、留理は心のどこか片隅で疎ましく思いつつ、愛していた。母が亡くなった時、遺品は驚くほどに少なかった。数ヶ月の闘病生活の間に、いくつかは留理に手伝わせ、またいくつかは人知れずひとりで、処分をしてしまっていた。

末期ガンとわかった時、父はためらわずに母に告げた。母は、それを静かに受け止めた。母は長いこと、父の囲い者として生き、子供をもうけた。本妻が亡くなったあと、父の強い希望があったにもかかわらず、この屋敷に引っ越すことを決心するまで、何度もそれを拒み続けていた。そんな母は、娘の留理にとって、優しい人であり辛抱強い人であり、穏やかで、思いやりに満ちた人に思えたが、実はひとりの人間として、非常な強さを持ち合わせた女であったことを、留理は母の人生の最期に知った。父がすぐに告知という道を選んだのは、母の強さをよくわかっていたためだった。

母と留理がこの屋敷に移ったのは、留理が中学の時のことだった。週に一度顔を出すだけの父と一緒に暮らせるようになったことは嬉しかったが、会ったことのない腹違いの兄が同じ屋根の下に暮らすことになると聞いて、心が重かった。兄の要次は、その時、十九歳だった。二浪してもなお大学に受からず、翌年、アメリカに留学した。サン・ディエゴにある英語学校に一年通ったのち、中西部の私立大学に入ったのだが、その後、一年と保《も》たずに帰国した。留理が再会した二十二歳の兄は、二年もアメリカにいたというのに、ほとんどカタコトの英語しか話せなかった。定職に就こうともしないまま、朝から晩まで遊び歩いている不甲斐ない男だった。母が和室にいることを好んだのは、血のつながらない長男に対する遠慮が大きかったのだと思う。

母の死後、留理はわずかに残った遺品をなかなか整理することができなかった。この四畳半の和室を、母が生きていた時のままで保っておくことに、父も賛成してくれた。その父が、母の三年後に亡くなった時、留理は自然に屋敷を出て、現在の吉祥寺のマンションでひとり暮らしを始めた。仕事のために、本社に近い場所に越したという説明に嘘はなかったが、父がいなくなった屋敷に、心の通わない兄とふたりで暮らすことはあり得なかった。

マンションに移る時、タンスのひと棹は一緒に運んだ。そして、中に自分の気に入りの服を納めた。もうひと棹は、ほとんど空の状態にして、この部屋に残した。むしろタンスそのものが、母につながる思い出の品なのだ。

そのことを話して聞かせると、京子は、いかにもそれで解《げ》せたというふうにうなずいた。

「なるほど、そういうわけで、このタンスはほとんど空っぽなんですね」

大きな目をきょろっとさせて、微笑んだ。我知らず自然ににじみ出たような笑みだった。

「私、賊が中身を全部盗んだのかなんて、妙なことを一瞬、考えてしまったんです。これで、謎がひとつ解消しました」

場違いともいうべき微笑みにつられて、留理も思わず微笑み返した。ふたりきりでいると落ち着かない相手だと思ったばかりだったが、今度は、こんな間柄として会ったのでなければ、打ち解けた友人になれそうな気がした。

タンスは、引き出しがすべて乱暴に開け放たれたままだった。その乱雑な様子に、拍子抜けした空き巣狙いのいらだちや怒りが窺える気がする。

「そうすると、この部屋から盗まれたものは、何もないのでしょうか?」

留理は、改めて部屋を見渡したが、答えはほとんどわかっていた。

「はい、ないと思います。そもそも、ここには珍しいものや、お金になりそうなものは何もありませんでしたし」

「でも、思い出の品は、どうですか？」

「思い出の品、ですか——」

「ええ、そうです。他人にはどうでもよくても、御本人にとっては、誰かの思い出につながるような貴重な品です。盗まれた物が、必ずしも戻るとは限りません。正直に申し上げれば、返らない確率が高いです。しかし、何がなくなっているかをチェックして、きちんとした盗品リストを作っていただいたほうが、戻る可能性も、それが手がかりとなって犯人を逮捕できる可能性も上がります。たとえ後日でも構いません。何か思いつかれたら、必ず届け出ていただきたいんです」

「わかりました。気をつけておくようにいたします」

「それでは、ほかの部屋も順に見ていただいたほうがいいですね」

留理は、歩き出そうとする京子を手で制した。

この部屋には今、留理と京子のふたりきりだった。ほかの捜査員たちがいる部屋に移動する前に、もう少しこの女刑事の話を聞いておきたかった。

「花房さん、さっきのことなんですけれど、福田さんが強盗に殺されたのではないとすると、いったい、どういうことなんでしょう？」

京子は、すっかり恐縮した。

「申し訳ありません。あんな話は、するべきではありませんでした。少なくとも、亡くなったお兄さんが握っていらしたであろうゴルフクラブの血痕が、誰のものなのかがわかるまでは、何も言うべきではなかったんです」

「そんなふうに言われたら、かえって気になってしまうわ」

留理は、少し強く迫ってみることにした。「あなたは、つまり、あのゴルフクラブの血痕は、兄が福田さんを殴ったものだと思ってらっしゃるんですね」

「――私、どうしましょう」

戸惑《とまど》い方が、到底、演技には見えなかった。親しい妹分と話しているような気がしてくる。

だが、目の前の女は、うっかり口にしたことを悔いてはいても、自分の推測に疑いを抱いてはいない。

「花房さん、私は何を聞いても驚きません。父の仕事を引き継ぎ、何百人という従業員の生活を背負ってきた身ですから、それなりに肝《きも》は据《す》わっているつもりです。それよりも、私の性格からして、何が起こっているかわからないのが一番辛いんです」

「はい、それはお察しします。私だって、刑事の端《はし》くれですので。しかし、弱ったな。私ったら……」

「何も弱ることはないでしょ。あなたは、兄が福田さんを殺したと思ってるのね？」

単刀直入に訊いてしまってから、留理は少しだけ後悔した。自分は、いつでもこうなのだ。社内会議の時も、商売相手との面談の時でさえ、相手が口を濁《にご》していると感じた時には、自分のほうから単刀直入に切り込んでしまう。あいまいなグレーゾーンを作っておき、そこを腹の探り合いの交渉材料に取っておくような真似ができない。たぶん、友人づきあいや恋愛の面でも、そうなのだ。

京子は、留理の目を真っ直ぐに見つめ返してきた。

「はい、私はそう思います」

しっかりとした声で、遠慮も、ためらいもなかった。

「福田麻衣子さんの御遺体があった周辺には、血の飛び散った痕が見受けられました。しかし、そのほかのところからは、見つかっていません。もしも強盗犯がお兄さんに殴られて逃走したのだとしたら、別の血痕があるはずです」

花房京子という刑事の視線を受け止め、その話す口調を聞くうちに、留理は確信した。この女は、自分と同じ種類の人間だ。

さて、ここで、どこまで手の内を明かすべきか。

「だけれど、兄は、そんな人じゃないわ。自分の秘書を殺すなんて……」

「福田さんは、お兄さんにとってただの秘書ではなく、ふたりは男女関係にありました。これはあくまで一般論ですが、そうした関係の男女の場合、ただの仕事上のつきあい以上に、トラブルが生じる可能性があります」

「何を仰りたいかは、わかるわ……。でも、兄が、まさか……」

「沢渡さん、こんな時に恐縮なのですが、ひとつだけ、質問してもよろしいでしょうか？」

「何でしょう？」

「ほかでもない、お兄さんと福田さんの関係は、このところ、いかがでしたか？　うまくいっていたのでしょうか？」

留理はうつむき、考えた。思い悩む素振りをしても、不自然な時ではないはずだった。それに、このタイミングならば、捜査の矛先《ほこさき》を少し誘導したって、決して怪しまれることはないだろう。

「――兄は、つい最近、婚約しました」

「それは、福田さん以外の女性と、ということですか？」

「そうです」

「お相手は、どんな方です？」

「小久保祐子《こくぼゆうこ》さんと仰います。中部地方を中心に展開する食品スーパーやコンビニの経営母体である《小久保グループ》の、次女の方です」

「それは、また……」

京子が目を丸くする。その後、少し間を置いた。

「――福田さんは、その婚約のことは？」

「兄と彼女とが、どういう話をしていたのかは、私は、わかりません……」

「そうですか。――お兄さんと福田麻衣子さんとは、どれぐらい前からのおつきあいだったのでしょう？」

「三年前、いえ、二年前ぐらいからだったと思います」

「結婚の約束とかは？」

「いえ、わかりません……」

「おふたりの関係は、公然のものだったのですか？」

留理は、答えるのにためらったのだと感じさせるぐらいの間を置いてから、口を開いた。

「大っぴらなものではありませんでした。でも、ふたりとも独身でしたし……」

「なるほど。そうですね」

「まさか、兄が福田さんから婚約したことをなじられて、それで、かっとして殴ってしまったと……」

「ゴルフクラブの血痕が、福田麻衣子さんのものならば、それもひとつの可能性として考慮されるべきだと思います」

この刑事らしからぬ、妙に持って回った言い方が気になった。

「そういえば、刑事さんはさっき、兄は二階の廊下からリビングに落ちて死んだのではないと言ってましたが、どういうことなんですか？」

「いえ、そんなふうに断定したわけではありません。首の骨が折れていることは、うちの鑑識や立ち会いの監察医の先生も既に確認済みです」

「それじゃあ、やはり落ちて死んだのでは――？」

「しかし、妙なんです」

「何がですか？」

「このお宅は、廊下の向こう側が客間ですね」

「はい、父がこだわって作らせたものです」

「家具や調度品がすばらしいのは、そのためですね。そして、客間には、毛足の長い絨毯が敷いてありました」

「ええ、それも、父が選んだものです」

「その絨毯の毛が、お兄さんの着てらしたバスローブについていたんです」

「――――」

留理は、顔が硬直するのを感じた。なんてことだ、一旦、兄の死体をあそこに隠し、引きずった時についたのだ。

「兄が客間で飲んだんじゃないかしら」

「飲んだだけでは、バスローブに絨毯の毛はつかないと思うんです。それに、客間は綺麗なものでした。前に掃除をされてから、テーブルも椅子も、誰も使っていないようです」

「絨毯に直接坐るとか、寝そべるとかして、お酒を飲んだのかもしれない。兄は、あの客間を、とても気に入ってたんです。だから、例えばリビングで飲んでる途中で、ちょっと気まぐれを起こして、向こうに行ったのかもしれない」

「そうかもしれないですね。だけど、もうひとつ気になることがあって、死体には、引きずられたような痕があったんです。バスローブにしわが寄っていましたし、それに、腰や背中、肩などが、うっすらと赤くなっていました。最初は足のほうを持って引きずったため、バスローブがだらしなくほどけて、肩のほうに寄ってしまったんではないでしょうか。それで、バスローブを直し、今度は両腕を持って引きずった」

留理は、さっき京子がわざわざ遺体の搬送をとめて、遺体袋を開け、別の捜査員たちに手伝わせて兄の体の裏側を覗き込んでいた理由を知った。

ポーカーフェイスだ。いつも商談相手や商売敵に、時には社内のうるさ型に対しても心がけているような、心の内を覗き込ませないポーカーフェイスをする時だ。

「ちょっと待ってください。それは、本当に確かなんですか。刑事さんの思い違いでは？　だって、兄が引きずられたのだとしたら、誰がやったんです？　強盗犯人ですか？　それとも、福田さん？　福田さんが兄を殺害したあと、強盗犯に殺害された？　そもそも、兄は首の骨が折れて死んでいたんでしょ？　それは、二階から下のリビングに落ちたからじゃないの？　それとも、客間で殺されたんですか？　なんだか、仰っている意味が、よくわからないんですけれど――」

話しながら、留理は最大限のスピードで頭を働かせていた。せっかくの偽装工作が、コソ泥が侵入したために、妙なことになってしまった気がしてならなかった。兄は手切れ金を渡して別れ話を持ち出したが、別れたがらない福田麻衣子と言い争いになってしまった。かっとして、ゴルフクラブで麻衣子を殴り殺した時、アルコールの酔いでみずからもふらつき、廊下の手すりを越えて一階へと落下した。――警察には、そう判断させなければならない。

コソ泥が盗んだ三百万のことを、なんとか警察が気づくように仕向けられないものか。

「実は、私もなんです……。自分自身にも、状況がよくわからないところがありまして。申し訳ありません。もう少し頭を整理してから、またきちんとお話しいたします」

京子は大きな目をまばたき、恐縮した様子で頭を下げると、拍子抜けするぐらいにあっさりと引き下がった。

「お願いします。ところで、花房さん。私、さっきあなたから思い出の品と言われて、ちょっと気になったことがあるんです。リビングに戻っても、いいでしょうか？」

留理は、言った。

「もちろんです。何でしょう？　お願いします」

京子が先に立って和室を出た。先導する形で、留理の前を歩く。

リビングに入ると、留理は応接テーブルへと歩み寄った。

「ああ、やっぱりそうだわ」

「何ですか？」

「ソファの背にかかっている、兄のスーツに触ってもいいですか？」

「いえ、それはちょっと。何を探したいんでしょう？」

「ジッポのライターです。実は、父がずっと使っていたものを、父の死後、兄が貰い受けて使うようになったんです。テーブルに、たばこだけあって、ライターがないので、気になってたんです」

「それならば、スーツのポケットにもありません」

「――もう確かめたんですか？」

留理は、少し驚いた。

「はい。私も、ライターが見当たらないのが気になったものですから。卓上ライターもないし、マッチの類《たぐい》も見当たりませんでした。しかし、テーブルの灰皿にある吸殻の数からすると、お兄さんは、それなりにたばこをお喫いになる方に思えましたので。ジッポのライターには、何か特徴がありますか？」

「はい、あります。側面に日時計の模様が描かれていて、アンティークな雰囲気を出すために、いぶしたような色合いに加工されてます」

「高価なんですか？」

「値段は数万というところでしょうが、希少なものですし、それより何より、私や兄にとっては、父の大切な思い出の品でした。刑事さん。犯人が盗んだんでしょうか？」

「お兄さんがどこかに忘れていないか、気にかけて調べてみることにしますが、盗まれた可能性も考えられます。というのは、ソファの背にかかったスーツを御覧になって、何か気づきませんか？」

「――？」

「スーツも、ワイシャツも、ソファの背にかけっぱなしです。テーブルには、缶ビールやワインの空きビンなどが並んでいます。お兄さんは、服をクロゼットにかけるのが億劫《おっくう》で、ここに脱ぎ捨てたのだと思います。だけど、そうすると、何か見当たらないと思いませんか？」

留理は、はっとした。

「ネクタイ――」

エンジのストライプのネクタイが、なくなっている。真珠のネクタイピンがついていた。ネクタイそのものよりも、タイピンのほうが特徴的だった。

「ええ、そうです。ネクタイだけを、わざわざきちんとしまったとは思えません」

花房京子という刑事の観察力に、舌を巻いた。どの刑事も、こんなふうに細かい点を見逃さないものなのだろうか。それとも、時折、子供のような仕草や目つきをするこの刑事が、特別なのか。

「だけれど、ライターとネクタイなんて……、わざわざそんなものだけ盗むなんて……」

「そこなんですよ。私がどうもわからないのは――。どうも、このリビングの状況は、妙なことだらけなんです。きっと、何かをまだ見落としているんだわ」

最後の言葉は、ほとんど独り言に聞こえた。京子はため息混じりに言ったが、どこかでそんな状況を楽しんでいるようでもあった。

綿貫のがっしりした体が視界の端っこに見えて、留理は顔の向きを変えた。綿貫の隣りに、家政婦の三宅靖子がいた。

靖子は留理を見ると、顔をゆがめて駆け寄ってきた。顔には、すっかり疲労の影があり、何歳か老け込んでしまったようにさえ見えた。

「要次様がこんなことになられて……、私、何と申し上げていいか……」

留理は、靖子の肩に手を置いた。

「三宅さんこそ、大変だったわね。ショックを受けたでしょ。大丈夫？」

「大丈夫です――。電話では、取り乱してしまいまして、申し訳ありませんでした」

「そんなことないわ。そうだ、私ね、警察の方から、何かなくなっているものがないか調べて欲しいと言われたの。盗品リストを作るそうよ。私よりも、三宅さんのほうが、今のここの様子には詳しいと思うの。協力してくれないかしら？」

靖子は、落ち着かなげに目をまばたいた。

「私、ひとりで、でしょうか……。刑事さんからも、そんなふうに言われたんですけれど、私、すっかり動転してしまってまして……、お役に立てるかどうか……」

「私も一緒に回るわ」

「――申し訳ありません。お忙しいのに……」

「何を言ってるの。私だって、一刻も早く、事件を解決して貰いたいもの」

留理は靖子の肩を優しく撫でてやりながら、京子のほうへと顔を向けた。

「それじゃあ、花房さん。三宅さんにつきあって貰って、ほかの部屋も見てみます――」

そう声をかけた留理の声は、途中から尻すぼみになった。京子は小首をかしげ、体を斜めに折り、なぜだか応接テーブルを一心不乱に見つめていた。最初にこのリビングで見かけた時と同様に、見つめる対象に注意を向けるあまり、自身がどう見えているのかを考えもしない子供のような仕草に戻っていた。

「花房君、しっかりしてくれたまえよ、花房君。きみがつき添って、おふたりが思いつくことを伺うんだ。わかったな?」

綿貫にだみ声を浴びせかけられ、京子はどこか遠くから戻ってきた人のような顔をした。

「承知しました。では、お願いします」

かすかなタイムラグを置いて言い、頭を下げる。

留理は、京子について歩き出しながら、ふと応接テーブルを振り返った。女刑事が見つめていたのは、かつて父が愛用していたチェアマンソファの正面、三百万の「手切れ金」が置かれていた辺りだった。あんなに一心不乱に見つめて、いったい何を考えていたのか。

「先に、二階を見たいのですが、いいでしょうか？」

ちょっとした閃《ひらめ》きを得た留理は、廊下に出て客間へと向かいかける京子たちに声をかけた。

「実は、二階に金庫があるんです。念のため、そこをまず調べたいのですが」

京子は、ちらっと綿貫を見てから、うなずいた。

「金庫ですか。わかりました。まずは、その中を確かめましょう」

留理は、自分が先に立って階段を上った。リビングを見下ろす廊下には、まだ鑑識課の職員が残り、壁や床に顔を寄せていた。

「三つ並んだ真ん中です。かつては父の書斎だった部屋で、今は、兄がここに帰った時、自分用の部屋にしてました」

説明しながら中に入り、留理はクロゼットへと歩いた。

クロゼットの扉は、開きっぱなしになっていた。中の金庫に屈み込もうとする留理をとめた京子が、部屋にいた鑑識に声をかける。

「ここは、指紋はもういいですか？」

鑑識課の職員は、二十代後半ぐらいのメガネの男だった。クロゼットは終わっているし、金庫も、扉や外周は済んでいるとのことだった。

「そうしたら、金庫を開けられましたら、中は触らないでください。よろしいですね」

京子がそう念を押すのにうなずき、留理は金庫のダイヤルを回した。扉を開け、場所を京子にゆずる。

ダイヤルのみで開ける式の簡単な金庫だが、コソ泥の手には余ったらしい。中身は、昨日のままだった。リビングにある三百万を見つけ、喜び勇んで逃げ出したというところだろう。

「お札が入ってますね。ちょっと失礼します」

京子は白い薄手の手袋をはめると、金庫の中に置かれた札束を取り上げた。

「新札の一万円札ですね。銀行の帯封がついたままだわ」

「父は、骨董などを買うのを趣味にしていたんです。発作的に買って届けさせることがあったものですから、いつでも、ある程度のお金は手元に置いておく習慣でした。兄もそんな趣味を受け継いで、現金を手元に置いておくことまで真似してました。念のために申し上げておきますが、脱税等のやましい財産隠しの現金ではありませんよ」

留理は、最後の言葉は冗談を言ったのだと伝えるために微笑んだ。

「だけれど、お兄さんがこちらのお屋敷を使われるのは、週末だけだったんですよね」

京子が微笑み返しつつ、訊いてくる。

「そうですけれど」

「それなのに、百万円の束をふたつもですか」

留理は思いつき、強調しておくことにした。

「あら、変ね。むしろ、少ないぐらいです。二百万というのは、ほんとに少ないわ。最近、何か大きな買い物をしたのかもしれない」

「——普段は、もっと置いていたと？」

「ええ、そうです。何しろ、とにかく父の真似をするのが好きな人でしたから」

京子の顔に、ぽっと明りが灯《とも》った。

頭の回転の早い女なのだ。間髪を容《い》れず立ち上がると、出口へと向かった。そこであわてて振り返り、留理のことを手招きした。

「ちょっと意見を聞かせていただきたいことがあるんです。おふたりとも、下に来ていただけますか」

留理と靖子は、互いの顔を見合わせた。女刑事は、ふたりが答えるのを待たず、既に部屋を飛び出していた。

廊下を歩き、ちょっと前までいたリビングへと階段を下りると、京子はチェアマンソファの横に立った。

「お兄さんは、いつでもこのソファに坐ることが多かった。そうですか？」

靖子に答えをゆずることにして黙っている留理の横で、靖子が口を開いた。

「そうです。先代が生きていらした時には、先代のお気に入りのソファでしたが、亡くなられてからは、要次様が、そこに」

京子は興奮に頰を上気させ、せわしなく頭を上下に動かした。

「テーブルの様子からして、事件が起こる前も、この場所に坐っていたと思うんです」

そう言いながら、みずからがチェアマンソファに腰を下ろす。

「ほら、ここから手が届く範囲に、缶ビールも、ワイングラスも、たばこの灰皿も、ピザやスナック菓子の袋も置いてあります。そして、ワインの空き瓶も。間違いない、要次さんは、ここにいたんです。でも、そうすると、ちょっとここが気になりませんか？」

京子は、自分が指摘する順に缶ビールやワイングラスや灰皿などを次々に指差したあと、ワインのボトルを持ち上げて見せた。そして、最後に両手の掌《てのひら》を上向け、前へと突き出した。

「目の前のここは、なんで空いてるんでしょう？　普通は飲み物やつまみを置くはずなのに、ぽっかりと空いてます」

靖子が、困惑げな顔を留理へと向けた。この刑事は、何を言いたいのでしょう、と訊きたがっている顔だった。靖子に答えさせたほうがいいと思い、留理は何も言わずに待つことにした。

「——そこに何かが置いてあった。そういうことですか？」

靖子が恐る恐る答えると、京子はますます顔を輝かせた。

「はい、そう思います」

「——いったい、何が？」

「現金です」

靖子の想像力には、手に余ったらしかった。立ち往生をした表情で、目をまばたく。

「兄が金庫からお金を出して、ここに置いたと言うんですか？」

仕方なく、留理が質問した。できるだけ、会話を自分が誘導したような印象を残したくない。

「はい、そうです」

「だけれど、それはどうかしら……。坐った真正面が空いているからと言って、それだけでは、そこにお金があったとは考えられないのでは？」

「いえ、根拠はほかにもあります。そう考えると初めて、ここに侵入した強盗犯、というか、状況からして空き巣狙いと呼んだほうがいいと思いますが、この犯人の行動に説明がつくんです」

「――どういうこと？」

「この犯人は、奥の和室では大したものを見つけられず、このリビングに来ました。そして、テーブルの現金とお兄さんの死体とを、おそらくはほぼ同時に見つけた。二階の廊下で亡くなっていた福田麻衣子さんの遺体には、気づかなかった可能性もありますが、ここの床に倒れていたお兄さんに気づかなかったはずはありません。しかし、空き巣狙いが死体を見たら、そのまま逃げ出すのが普通ではないでしょうか。そんな事件に関わって、もしも自分が犯人に間違われたりしたら、大変です。だけど、このホシは、この部屋にあったジッポとネクタイを盗んで逃げてる。それがどうしても不自然に思えたのですが、現金に目を奪われ、咄嗟《とっさ》に盗み、その傍にあったジッポやネクタイにまで手を出したと考えれば自然です」

「つまり、テーブルに載っている何百万かのお金を見て、思わず手が出た。そして、傍にあったジッポやネクタイもついでに盗んだ。そういうことですか？」

「そうです。――それならば、すべてのことにつじつまが合うわ」

興奮した大きめの声だったが、誰か他人にではなく、自分自身に告げたもののように聞こえた。

「――お金というのは、つまり、兄から福田さんへの手切れ金、ということですか？」

「おそらくは、そうでしょう」

「じゃあ、やっぱり兄は、ここで別れ話を持ち出したのね。それで、福田さんと喧嘩《けんか》になって……。だけれど、刑事さん。あなたの仰る通りだとしたら、空き巣狙いの犯人は、兄が福田さんのために用意した、かなりの額のお金を盗んだことになります。それに加えて、大した金額でもない小物を盗んだりするものでしょうか？」

「そういうコソ泥がいるんです。言葉は悪いですが、行きがけの駄賃《だちん》というやつです。空き巣狙いは、大概《たいがい》が常習犯です。そして、その犯人ごとに、犯行手口や盗む対象に特徴があります。極端な例が、女物の下着を狙う下着泥棒です。今回のホシは、現金以外にも、自分の趣味に合う身の回り品に興味を示すタイプかもしれません」

「なるほど」

「すぐに銀行に問い合わせて、お兄さんがいつ、どれだけの金額を下ろしたのかを確認します。そうすれば、紙幣番号もわかりますし、どれぐらいの金額が盗まれたのかにも、およその見当がつくはずです」

「よろしくお願いします」

息巻いて告げる京子に、留理は丁寧に頭を下げた。

この女を利用すれば、捜査を都合のいい方向へと誘導することができるかもしれない。

そう思ったものの、すぐに自戒した。

それは、諸刃《もろは》の剣かもしれない。

二章　矛盾する現場

1

月曜の午前中、留理は吉祥寺《きちじょうじ》にある本社の会議室にいた。

彼女の前には、《沢渡家具》の各部門の責任者が、合計十名ちょっと並んでいた。そのうちのふたりが、女だった。三年前、留理が先代から社長の座を引き継いだ時、女性の積極的な登用を口にしたこともあって、多くの女性社員が勇み立ったことを留理は知っていた。だが、結果として、中間管理職に占める女子社員の割合は二割程度増えたものの、部長への新たな登用は三名、重役に新たに名前を連ねた者は、わずか一名にとどまった。留理自身がトップに立ってみると、女性の社会進出といいながら、本気で《沢渡家具》のことを考えて働いていると感じさせる社員は、圧倒的に男のほうが多かった。そういったことを無視して、いたずらに「平等」だけを掲げて女性管理職を増やすのは、逆の意味で差別に思えたのだ。

今朝は、会議が始まって以来、留理はほとんど喋《しゃべ》りっ放しだった。およそ一年前、安価な家具を製作販売する競合店に対抗するため、留理の発案によって、《沢渡家具》も独自の安価な家具ブランドを立ち上げた。そして、いくつかの店舗で試験的に販売してみた結果、それなりの数字を上げることができた。今後は、一層、この路線への投資を大きくするべきだ。ヴェトナム等の新興国に自社工場を立ち上げ、あらゆる種類の家具にわたって、もっと大々的に製作を推進する。それが《沢渡家具》が今後、生き残る道だと、留理は思っていた。

だが、それでは国内外から独自のルートで高級家具を買いつけ、顧客が手に取りやすい価格で販売するという、先代が作った《沢渡家具》の特徴そのものを否定することになる。まったく異なる形態の家具製作販売会社になるわけで、企業としてのアイデンティティーが失われるし、失敗した時のリスクが大きすぎる。——そういった反対意見は、重役たちの間に根強く、結局、一年が経《た》った今でもなお、全店舗でこの自社製ブランドを販売することさえ行えずにいた。時期を見る、という、留理からすると、父親時代から居坐《いすわ》る古《ふる》狸《だぬき》たちの慎重論を、どうしても退《しりぞ》けられずに来てしまったのだ。

だが、もうそんな日和見《ひよりみ》主義には、ピリオドを打つべきだ。

留理は、かつてない強硬な姿勢で今日の会議に臨み、そして、強く持論を展開した。

事件発覚から一昼夜が経った今、兄が秘書の福田麻衣子と一緒に八王子の屋敷で死体で見つかったことは、全社員の注意を集めていた。会議が始まった時、重役たちの空気もまた、いつもとは違ったものだった。とりもなおさず、それは、兄と麻衣子との関係が社内では半ば公然の秘密であったことを表していた。ワイドショーでは既にその点を、スキャンダラスに伝え始めていたし、やがて発売になる週刊誌も、後追いをするのは間違いない。兄を神輿《みこし》に担ぎ上げ、旧態依然とした経営を続けようとしていた重役の一派にとっては、大変に不利な状況だといえた。

担ぎ上げる神輿がなくなった上に、それがスキャンダルまみれの存在であることが、すっかり知れ渡ってしまったのだ。

留理の狙い通りの展開だった。

会議で大きな手応《てごた》えを得た留理は、その後、安価な新ブランドの製作、展開を進めているスタッフたちとのミーティングを持った。気心の知れたスタッフたちと、そのままランチ・ミーティングへと移行し、いつものようにお互いの新鮮な意見を出し合い、具体的な検討を重ねた。

仕事に集中する間、ほかのことは一切考えないのは、社長に就任する以前、父の玄一郎を助けて飛び回っていた頃から、一貫して変わらない習慣だった。

しかし、留理は今日の重役会議とスタッフ・ミーティングを経験して、ここ数日の自分がいかに重圧に押し潰《つぶ》されそうになりながら、必死でそれに耐えていたのかを知った。

重石《おもし》がなくなった今、全身全霊で仕事に集中できる。留理のことを社長の座から追い落とし、《沢渡家具》を他人の経営に委《ゆだ》ねようと画策する兄たちは、もういなくなったのだ。

自分は、なすべきことをした。

しくじった時のリスクが、かつて経験したことがないほどに大きいことはわかっていた。

だが、なんとしても乗り切ってみせる。

自分は、なすべきことを、したのだ。

昼食後は、兄の死について急いで広報との打ち合わせを終えたら、習慣通りにいくつかの店舗を視察する予定だった。現場の雰囲気をつかみ、率直な声を聞いておくことの大切さを、留理は父の玄一郎から学び、身にしみてわかっているつもりだった。兄の死などで、大事な習慣を変えてなるものか。

一旦《いったん》、社長室に戻ると、背の高い女が表の廊下に立っていた。廊下には、来客のために、《沢渡家具》の売れ筋やロングセラーの家具の写真パネルが展示されている。それらを熱心に眺めているのは、昨日、事件現場で会った花房京子だった。

「花房さん」

声をかけると、京子は写真パネルの前から、くるりとこちらに体を向けた。

「ああ、お待ちしてました。昼食後、一度、戻られると、秘書の方から伺《うかが》っていたものですから」

親しげな微笑《ほほえ》みを浮かべ、男のような大股《おおまた》でつかつかと近づいてきた。

「昨日は、どうもお世話になりました」

留理は、礼儀正しく頭を下げた。

相手の微笑みは、社交的なものとしては、あけっぴろげで自然すぎる。それが人間関係の距離感を狂わすようで、落ち着かなかった。

「いいえ、私のほうこそ。御協力に感謝いたします。おかげ様で、捜査がいくらか進展いたしました。今日は、その御報告に伺ったんですが、少しお時間をよろしいでしょうか？」

「じきに出なければならないんですが、長い時間でなければ」

「お手間は取らせません。よろしくお願いします」

留理は京子を社長室へと案内した。廊下から入ったすぐのところには、秘書用の部屋がある。そこに控えた秘書に、いつもの習慣で午後のコーヒーを頼み、京子にも勧めた。

「それでは、私もお言葉に甘えて」

「お気に入りの豆を、いつも同じ店から買ってるんです。苦いんですけれど、美味《おい》しいの。それでいいですか？」

「はい、お願いします」

そんなやりとりをした上で、秘書にコーヒーを頼み、女刑事とふたりして社長室へと入った。

社長室は、本社ビルの最上階にあった。まだ西日が差し込む時間ではないので、ブラインドは上がっている。窓の外には、吉祥寺駅周辺のビル群の向こうに、井の頭公園の緑が見えていた。

留理が勧める応接ソファに腰を下ろすと、京子はまた親しげに微笑んだ。

「子供の頃、母に連れられて、御社《おんしや》の店舗に何度か行ったことがあります。実家の家具のほとんどは、《沢渡家具》のものですよ。廊下のパネルを見ながら、うちが買ったテーブルセットもどこかにないかと、探してしまいました」

「見つかりませんでしたか？」

「ええ、あいにく。もう二十年以上前の買い物ですから。でも、実家では、まだそのテーブルを使ってるんですよ」

留理は窓辺の事務机の前に立ち、デスクに置かれた書類やメモの類を確認していた。緊急を要するものがあった時には、すぐに対応しなければならない。

その手を休めて、女刑事に微笑み返した。

「それは、ありがとうございます。長く使っていただくことが、家具にとっては、最高の幸せなんです」

留理は手早く残りの確認を終えると、応接ソファへと歩き、京子の向かいに腰を下ろした。

「それで、何がわかったんでしょうか？　強盗犯の目星《めぼし》がついたんですか？」

「いえ、残念ながら、それはまだ。所轄署と協力して、鋭意、捜査中です。しかし、いくつか重要なことがわかりまして。まずは、解剖の結果が出ました。お兄さんの死因は、頸《けい》椎《つい》骨折。つまり、首の骨が折れていました」

——よし。

留理は胸の中で、小さく声を上げた。

「それじゃあ、兄は、やはり二階の廊下からリビングに落ちて死んだと」

実際に口をついて出たのは、恐ろし気にひそめられた声だった。

「そういうことだと思います」

「ゴルフクラブについた血痕は、どうだったんですか？」

「福田麻衣子さんのものでした」

「——じゃあ、兄が福田さんを？」

「ええ、おそらくは」

京子は顎《あご》を引き、留理の胸の辺《あた》りを見つめるようにして答えた。

「どうかしたんですか、刑事さん？　なぜ、そんなあいまいな言い方をなさるんでしょうか？」

留理は、口を閉じかけてつけ足した。

「昨日は、なんでも自信ありげでしたのに」

「そんなことはありませんよ。我々の仕事は、いつも混沌《こんとん》とした状況と向き合ってるんです。もしも、自信ありげに見えたとしたら、それは、私の未熟なところです。——しかし、今回の事件現場の状況は、どうにも解《げ》せないことばかりなものですから」

——まだ、そんなことを言っているのか。

「兄のバスローブについていた、客間の絨毯《じゅうたん》の毛のことを気にしてらっしゃるんでしたら、昨日も申し上げたように、向こうでお酒でも飲んだんじゃあないんでしょうか。兄は、結構さばけた性格でしたので、お酒を飲んで酔っ払ううちに、ソファでもよく寝転んでました。ふかふかの絨毯が気持ちよくて、きっとごろんとしたんですよ」

「そうかもしれません。しかし、お兄さんの後頭部には、内出血の痕がありましてね。落下した時にできたものなのかもしれないけれど、落下する前に、何者かによって殴られた可能性もあるということで、監察医の先生も、はっきりとは断言できていないんです。福田さんのほうにも、同じような内出血の痕がありました」

「それは、ふたりが喧嘩《けんか》をしてできたんじゃあないんですか？」

「それなんですが、お兄さんと福田さんのふたりは、ほんとに別れ話で喧嘩になったんでしょうか？」

留理は、思わず京子の顔を見つめ返した。

「どういうことかしら……？　なぜ、その点を、お疑いになるんです——？」

我知らず口調が尖《とが》ってしまったことに気づき、愛想笑いを浮かべた時、部屋のドアにノックの音がして秘書が現れた。洗練された、礼儀正しい動作でコーヒーカップを京子と留理の前に置いてから、応接テーブルの真ん中にクリームとスティックシュガーを載《の》せた小皿を置く。

秘書が頭を下げて退室するのを待って、留理は話を再開した。

「どうぞ、コーヒーを召し上がってください。だけれど、わからないわ。だって、喧嘩したから、兄は福田さんのことをゴルフクラブで殴りつけたんでしょ」

「福田さんを殴ったのが、お兄さんだとすれば、そういうことになります」

「奥歯にものが挟まったような言い方は、あなたらしくないわ。私、昨日、花房さんとお話しして、とても率直な方だと感じました。何か仰《おっしゃ》りたいことがあるのならば、どうぞ、遠慮なく言っていただけませんか？」

「いえ、遠慮をしているわけではないのですが――。それじゃあ、御意見を聞かせていただきたいので、ちょっとこれを見ていただけますか」

京子はそう言い、カバンからDVDを三枚、取り出した。

『ローマの休日』と『哀愁』、それに『続・荒野の用心棒』の三枚だった。

「どうしたんですか、これが？」

「お屋敷の脱衣所のタオル置き場にありました。何枚か重ねて用意されたタオルの上に、載っていたんです」

「だから、何でしょう――？」

「どうしてそんなところにあったのか、気になりませんか？　お屋敷のお風呂には、テレビがありました。そして、脱衣所にセットされたＤＶＤデッキで再生すれば、湯船に浸《つ》かりながら映画を楽しめるようになっていますね」

「兄がやったんですよ。映画鑑賞が趣味でしたから」

「はい、わかります。リビングにも、映画鑑賞用の設備がありましたので」

「それで、何です？」

「だけれど、お兄さんがお好きなのは、派手なアクション映画です。やはりリビングにあったＤＶＤのコレクションを拝見して、わかりました。ほとんどすべてが、そういう映画でした。でも、そう考えると、『ローマの休日』と『哀愁』の二枚が気になるんです。クリント・イーストウッド主演の『続・荒野の用心棒』は、いかにもお兄さん好みですが、ほかのふたつは違います。それに、この二枚は未開封でした。これはお兄さんが、福田さんと一緒にお風呂で楽しむために買ったものではないでしょうか。裸で一緒に映画を楽しむつもりでいながら、別れ話を持ち出すというのは、どうも不自然です」

「フランコ・ネロよ」

「――え？」

「イーストウッドが主演したのは『荒野の用心棒』で、『続』のほうはフランコ・ネロ」

「すみません。勉強不足でした」

「ごめんなさい、話の腰を折ってしまって。でも、男女のことは、色々あるわ。そうでしょ。花房さん、失礼ですが、私よりもちょっとお若いぐらいに見えるのですけれど、御結婚は？」

「歳は三十二です。未《いま》だに独身。恋人募集中です。確かに、残念ながら私は、それほど男女の機微《きび》に通じているとは思えません。ほかの捜査員からも、同じようなことを言われました。男女のことは、色々ある。一緒にお風呂で映画を楽しむつもりだったのに、別れ話を切り出すことだってあると」

「どうぞ、コーヒーが冷めてしまいますわ」

留理はコーヒーを京子に勧め、自分はいつものようにブラックのままで口に運んだ。

「もしかして、兄はどう切り出せばいいのか、あれこれと迷っていたのかもしれません。福田さんというのは、同性の私から見て、かなり激しい人だったんです。上手く別れ話を切り出さないと、大騒ぎになりかねない。それを恐れて、機嫌を取ろうとしていたと考えたら、どうでしょう？」

「はい、あり得る話です。でも、どうにも引っかかってしまいまして——」

京子は、コーヒーカップに手を伸ばした。

「いただきます」

　口に運び、「苦い」と口に出してこそ言わなかったものの、明らかにそう感じたとわかる表情をすると、スティックシュガーとクリームとを注いでかき回した。

「そもそも、金庫にあったお金の一部を、手切れ金として福田さんに渡そうとしていたのだと推測されたのは、刑事さんですよ。応接テーブルの様子を観察しただけで、そんな想像を働かせるなんて、私、あの時は心底、驚きました」

「状況からすると、そう推測するのが的《まと》を射《い》ている気がしたんです」

「金庫にあったお金の調べは、ついたんですか?」

「はい、確認が取れました。もう一点は、そのことをお伝えしたかったんです。お兄さん自身が、およそ一週間前、あの小束の帯に名前があった銀行で、御自分の口座から五百万の預金を引き出していました」

「だけれど、金庫にあったのは、小束がふたつ、二百万だけだったわ。そうすると、兄は、三百万を手切れ金として渡したのよ。ごねられた時のために、さらに二百万を手元に置いておいた。でも、喧嘩になってしまった。兄はかっとなり、ゴルフクラブで福田さんを殴りつけた。そして、酔っていたのでみずからもバランスを崩し、廊下から下のリビングに大落ちた。そういうことじゃないのかしら。その後、空き巣が忍び込み、応接テーブルに大金があるのを見つけて、持ち去った」

京子は留理が話すのを聞きながら、コーヒーをすすった。今度はいくらか口に合った様子だった。

留理の話に耳を傾けているふうを装ってはいるが、その実、自分だけの思考回路で何かをしきりと考えているのかもしれない。

「お話がそれだけでしたら、よろしいでしょうか。これから、広報と打ち合わせがあるんです。兄の死が、おかしなスキャンダルとしてこれ以上広がらないよう、対応策を講じなければならないものですから」

京子はあわててコーヒーを飲み干し、腰を上げた。

「お忙しいところを、時間を取っていただいてありがとうございました」

応接ソファの脇へと出たが、歩き出そうとして、ふっと動きをとめた。

「そうだ、もうひとつだけ。昨日、訊《き》き逃してしまいまして。お屋敷の金庫の開け方を知っていたのは、どなたとどなたでしょう？」

――どうしてそんなことを訊きたがるのだ。

と、咎《とが》め立てする言葉が喉元まで出かかったが、飲み込んだ。留理は机へと歩き、出かける準備を始めながら口を開いた。

「旧式のダイヤル式ですから、ダイヤルナンバーさえわかれば、誰でも開けられます」

「番号を知っていたのは？」

「今では、私と兄だけでした。父と母も知っていましたが、もう亡くなってしまいましたので」

「あなたは、誰かにナンバーを？」

「いえ、私は教えてはいませんけれど。兄のことはわかりません。もう、よろしいかしら」

「ありがとうございました」

京子は礼を述べたが、まだその場から動かなかった。

「ところで、この部屋、電気をつけていないんですね」

「この時間は、まだ要《い》りませんよ。集中したい時には、デスクライトだけつけますけれど、外光だけで充分に明るいでしょ」

「井の頭公園が見えるんですね」

京子はそう言い、窓を差した。だが、窓外の景色にはちらっと視線を走らせただけで、あとは部屋を見回していた。

「お時間を取っていただき、ありがとうございました」

改めて礼を述べ、戸口へと向かった。

2

靴を脱ぎ、休憩用の古びたソファに両足をだらっと投げ出して坐った中嶋耕助は、茶菓子をつまみ、日本茶を飲んでいた。ついさっき、食後のインスタントコーヒーを飲んだばかりだったが、いつも夕方までは特にやることがなくて、すぐにこうしてお茶をするはめになる。先代が亡くなり、娘の留理が社長になってからはずっとそうだった。

午後、先代の玄一郎は、《沢渡家具》の店舗をみずから回ることを習慣にしていた。中嶋に運転をさせ、自分は後部シートでたまった仕事を整理したり、疲れを抜くために仮眠を取ったりした。この「店舗行脚《あんぎゃ》」は、中嶋にとり、社長と行動をともにできる貴重な時間だった。玄一郎のお供をすることで、様々な店舗の様子を垣間《かいま》見られたし、それより何より、自分は社長に必要とされているのだと実感することができた。現に長引く不景気で、運転手はみなタクシーやハイヤー会社から契約で来る派遣に代わっても、中嶋だけは馘《くび》になることも、異動になることもなく、社長のお供をし続けたのだ。先代社長が、午後の店舗回りの「足」として、中嶋を頼りにし、指名し続けてくれたおかげだった。

だが、現在の社長である留理は、みずから愛車を運転して店舗を回ることにしたため、中嶋の出番はなくなってしまった。

無論のこと、しかし、それでお嬢様——中嶋は、留理のことをそう呼ぶ——を恨んだことなどなかった。今でもなお、唯一残った会社づきの運転手として、ごくたまにはお供を言いつかることもある。契約の運転手には聞かれたくない話だって、中嶋の車のシートでならば、安心して話せるためだ。先代の死後、どうにも我慢がならないのは、長男の要次が我が物顔で中嶋の車を利用し、中嶋を自分の個人運転手のように扱い続けてきたことだった。秘書の福田麻衣子までもが、中嶋を顎でこき使うようになった。ふたりの死によって、これ以上、こき使われることはなくなったのだ。

しかし、中嶋は、決して喜んではいなかった。それればかりか、今朝のニュースで事件を知って以来、腹立たしくてならなかった。重役と秘書といった、互いの立場を越えたよこしまなつきあいを続けた結果、こんな形で事件になり、会社の顔に泥を塗るなんて……。

ニュースでもワイドショーでも、「不審死」という言い方をして、強盗殺人事件なのか、違うのか、その辺りはあいまいに述べるだけだった。その分、おのずと興味は、同じ屋根の下で死んでいた沢渡要次と福田麻衣子の関係へと向いてしまう。先代が懸命に大きくし、お嬢様が引き継いで奮闘している会社の経営に影響が出ることは必至だ。

駐車場に面した窓の外を、痩身《そうしん》の背の高い女がよぎるのが見えた。本社ビルにある車両部の事務所――というか、現在では派遣の運転手が、呼び出し前の時間つぶしをするだけで、昼間は中嶋以外に使う人のいない小部屋には、表側と廊下側とそれぞれに出入口がある。表側のドアの磨りガラスに、窓の向こうを横切った女と思《おぼ》しき影が立ち、ノックがされた。

ここに人が訪ねて来ることは、滅多になかった。必要な連絡はいつも、デスクの電話に来る。不意を衝《つ》かれ、中嶋の返事が一拍遅れたら、相手はその前にドアを開けて姿を現した。

「車両部の中嶋さんを訪ねてきたのですが、ここでよろしいでしょうか？」

女が言った。美人というよりも、可愛らしい印象の女だった。木の葉形の両目がくりっとして、黒目が目立つ。引き締まった口元は利《き》かん気の強さを感じさせるが、唇を開いた時、特に微笑んだ時に覗く前歯は愛くるしい。少しリスに似ている、と中嶋は思った。

「私が中嶋ですが。何か？」

中嶋が、休憩用の古いソファからあわてて両足を下ろして名乗ると、女は特徴に乏しいグレーのビジネススーツの内ポケットに右手を入れた。

「私、警視庁の花房京子と申します。少し、お話を聞かせていただきたいんですが、いいですか？」

女が提示した顔写真つきのＩＤを、中嶋は驚いて凝視《ぎょうし》した。

「警察の方でしたか。さ、どうぞ。私でお役に立てることでしたら、何なりとお訊きになってください。そうだな、そこに坐りましょうか」

中嶋は素早く靴を履き、茶菓子と湯呑《ゆのみ》を盆に載せてソファから手に取りやすい位置に置いていた車輪つきのスチール椅子《いす》を動かした。

部屋の真ん中には、同じく味気ない事務用のスチールデスクが四つ、田の字形に置いてある。上には、中嶋が長年使っている黒革のノート以外には、何も載ってはいなかった。

事務机の椅子に坐るようにと京子に手で勧めると、中嶋は壁際の小デスクへと歩いた。

「薄い茶しかないんですが、よろしいですか？」

「いえ、気をお遣いにならないでください。いくつか質問をさせていただきたいだけですから」

京子は両手を振って遠慮したが、中嶋は電気ポットのお湯を急須に注ぎ、使い捨てのプラスチックカップを台座にはめた。急須をゆっくりと回してから、お茶を注ぎ、カップを持ってデスクへと戻る。

「話というのは、事件のことですか？」

テレビのワイドショーは、まだ要次と麻衣子の事件をスキャンダラスに報じていた。中嶋はテレビ画面を顎で示しながら、そう訊いた。だが、すぐにその報道ぶりが不愉快になり、リモコンを向けてテレビを消した。

「そうなんです。一昨日の朝に一度と、昼過ぎに一度、福田麻衣子さんの携帯から中嶋さんの携帯に通話がなされているのですが」

「ああ、それは、呼ばれたからですよ。福田さんを自宅から美容院にお送りしたあと、八王子のお屋敷までお乗せしました。美容院のあと、少し、買い物もなさったので、それにもお供を」

「事件現場のお屋敷まで、送ったんですか?」

「そうです。私が、お送りしました」

「お屋敷に着いたのは、何時頃でしたか?」

「ええと、三時ちょっとすぎぐらいだったと思います。最初はもう少しあとになる予定だったんですが、お目当ての美容師が急にお休みをして、買い物をしてもなお予定より一時間ぐらい早く着きました」

「なるほど、早く着いたんですね。そうですか」

京子は、口の中で言葉を転がすように言った。まるでそれに何か意味があるかのように、うなずいている。

「その時、中嶋さんは、屋敷の中まで入られましたか？」

「私ですか。いいえ、門の中へは入りましたけれど、いつものように駐車場で福田さんを下ろしたら、Uターンして帰りました。私は、運転手ですから」

「いつものように、と、仰ると、よく福田さんをお屋敷までお送りしてたんですか？」

中嶋は、つい気楽に話してしまったことを後悔した。さっきまで見ていたテレビの報道がよみがえってくる。自分が余計なことを言えば、要次と福田麻衣子のよこしまな関係を裏づけることになってしまう。既に報じられていることとはいえ、そこに積極的に関わることは、中嶋の性格が許さなかった。

「――ええ、まあ、たまにですけれど」

「たまにとは、どれぐらい？」

口を濁《にご》したが、女刑事はそれで許してはくれなかった。

「月に二度か、三度……。お仲間を呼んで、ゴルフをなさることもありましたし……」

そうつけ足してみたが、それ以外の時には、ふたりきりで屋敷ですごしていたという意味にしか取れないと気づく。

「そうすると、福田さんや要次さんが八王子のお屋敷から都内へと戻る時にも、また呼ばれるのが普通でしたか？」

「まあ、そうですね……。日曜の夕方とか、場合によっては、朝、あそこから真っ直ぐに職場に向かうように言われたこともあります」

「一昨日は、迎えに来る時間を指定されていましたか？」

「屋敷にお送りしたあとですか？　いえ、それはありませんでした。でも、要次さんも、福田さんも、大概《たいがい》はいきなり電話でお命じになるほうでしたから」

まるで人をタクシー扱いして、といったぼやきは飲み込んだものの、不快そうな口調を隠しきれはしなかった。

京子は、黙って中嶋の顔を見つめていたが、少しして質問を再開した。

「門柱に、インタフォンがありましたね。屋敷へ福田さんを送った時、インタフォンで中と話したのは、福田さんですか？　それとも、中嶋さんでしたか？」

「私です」

「その時、要次さんと何か言葉を交わしましたか？」

ちょっと妙な訊き方だと思った。どうしてそんなことを訊くのだろう。

「——ええと、どうだったかな。おう、とか……。いえ、違うな。あの時は、何も仰いませんでした。ただ、黙って門を開けられたんで、何か不機嫌なのかなと思ったんです」

「間違いないですね。間違いなく、何も答えなかった」

「はい、答えはありませんでした」

断言したものの、そうするそばから不安になった。もう一度思う。この刑事は、なぜこんなことを訊くのだろう。

京子は「いただきます」と低い声で言って、湯呑を口に運んだ。

「ところで、福田さんは、車中では色々と話すほうですか？」

「ええ、まあ。その時の気分によりますけれど」

「一昨日はどうでしたか？　どんな話をしたのか、思い出していただけるとありがたいんですが」

「どんなって……、そう言われても、ただの世間話ですよ。会社の大事な話とかは、運転手相手にするわけがありませんし――。そうそう、予約していた美容師は、インフルエンザだったと言ってましたね。ぷりぷりしてましたよ。買い物に回ったけれど、機嫌が直らなかったみたいでした」

京子はうなずきつつ、小型の手帳を取り出してめくった。少し行きつ戻りつし、該当箇所を見つけたらしく、目を上げた。

「福田さんの通話記録によると、午後二時三十六分。まあ、二時半頃ですね。携帯から、八王子の屋敷に電話をしているんですが、これは、車で移動中のことじゃないでしょうか？」

「そうでした。高速を走ってる最中でしたよ。あとどれぐらいで着くかと訊かれましてね。その後、お屋敷にかけてました」

「要次さんと、どんな話を」

「いえ、留守電になってたんですよ。それにメッセージを」

「留守電、ですか。だけど、屋敷の電話に、メッセージは残ってなかったけれど」

「要次さんが聞いて、消したんじゃないですか」

「そうですね。そうかもしれない。どんなふうなメッセージを残してましたか？」

中嶋は、段々と落ち着かなくなって来た。

冷めてしまっている自分の茶をすすり、思い切って言ってみることにした。

「――刑事さん、私の仕事は、後部シートでされる会話については、ほかの方に口外しないのが基本なんです。今なさっている質問は、捜査に何か必要なことなんでしょうか？」

「はい、必要なんです。どうか御理解の上、御協力願えませんか」

京子の答えに迷いはなかった。熱心な目の色が眩《まぶ》しいくらいで、中嶋は思わず視線をそらしてしまった。

「ほんとに必要なんですね……？」

「はい、本当です」

湯呑を置き、両手を両膝につき、少し体を前にかたむけるようにして記憶をまさぐる。

「――インフルエンザの話をしたのは、本当は私に対してではなく、要次さんへの留守電にでした。美容師のことをぼやいたあと、あと二、三十分で到着すると告げ、それから、最後に、DVDは買っておいてくれたか、と訊いてました」

「DVDのことを訊いたんですか？」

「ええ、前日、要次さんが買っておいたもののことじゃないでしょうか？」

「前日に買ったと、なぜ御存じなんです？」

「だって、私がお供をして、お店まで要次さんをお送りしましたので」

「ふたりで、それを楽しむつもりだった？」

「当然、そうでしょ」

「あなたと福田さんが交わした会話を、もう少し思い出していただけますか？　どんな些《さ》細《さい》なことでも構わないんです」

「私との会話、ですか。――ああ、そうだ。そういえば、要次さんの婚約を知ってるか、と訊かれましたね」

「福田さんのほうから、そう訊いてきたんですね？」

「ええ、そうですよ」

「いきなり？」

「はい、いきなりです」

「それで、中嶋さんは、何と？」

「自分はそういうことには、疎《うと》いですからと」

麻衣子に言った通りのことを答えたのだが、京子は再び中嶋をじっと見つめて来た。

「ほんとに、何も御存じなかったんですか？」

中嶋はまたもや落ち着かなくなった。自分の娘ぐらいの年格好の女だし、華奢《きやしゃ》で、どこか落ち着きに欠ける雰囲気さえあるのに、この花房京子という女刑事からこんなふうに見つめられると、頭の奥を見透かされているような気がしてならなかった。

そうだ、お袋の視線なのだと、中嶋はふと思い至った。子供が悪さをした時に、何もかもわかっているからね、という様子で見つめる母親の視線。——この若い刑事の目には、なぜだかそれに通じるものがある。

「噂程度でしたら、私だって……」

「要次さんの婚約話は、大分噂になっていたんですか？」

「ええ、まあ」

「お相手が誰かも？」

「《小久保グループ》の次女の方だそうです」中嶋は、あわててつけ足した。「あくまでも噂にすぎませんけれど」

「あのスーパーやコンビニをたくさん経営してる《小久保グループ》ですね？」

「ええ、そうです。本社は中部地方で、向こうには関東以上の数の店舗があちこちにあるらしいです」

「婚約の噂をお聞きになったのは、いつ頃からですか？」

「そうですね……。私が知ったのは、つい二、三週間前ですよ。――でも、ほかの部署の人間は、もっと前から知ってたかもしれないです。何しろ、私が普段、車にお乗せして相手をしていたのは、当事者の要次さんと福田さんが主でしたから」

「中嶋さんは、その噂を誰から聞いたんですか？」

「守衛さんですよ。私のタイムカードは、通用口にありますから。守衛とは、朝夕、必ず顔を合わせますので」

「亡くなった福田さんが言っていたのは、それだけですか？」

「いえ、専務が――要次さんのことですが、私と別れると思うかって、意見を訊かれました」

「で、あなたは何と？」

「私には、そんなことわかりませんよ。ですから、そう」

「そしたら、何と？」

「専務は、自分とは、別れられないと」

「そう言ったんですか、福田さんが？」

淡々と話を聞いていた様子の刑事が、ふっと体を乗り出してきたので、中嶋はどきっとした。何かまずいことを言ったのだろうか。

「ええ、言いましたけれど……」

「どんなふうに言ったのか、できるだけ正確に思い出していただけますか？」

「どんなふうに、ですか……。そうだな。あの人、私と別れたがると思う、と訊かれたので、わかりませんと答えたら、私と別れたらいいと思ってるんでしょ。だけれど、お生憎《あいにく》さまね。あの人は、私とだけは別れられないのよって」

「私とだけは、って言ったんですか？」

「そうです。言いました」

「どうして、私とだけは別れられないのでしょう？」

「さあ、そんなこと、わかりません」

「福田さんは、何かほのめかしていませんでしたか？」

「いいえ、何も……。そのあとすぐ、携帯電話でお屋敷にかけたので、話はそれで終わりでした」

「なるほど。ほかには、何か話は？」

「私が覚えてるのは、それぐらいですけれど……」

京子は顎を引き、しきりと何か考えている様子だった。湯呑を手に取り口に運ぶが、考えるのに夢中で、自分がそうしていることに気づいていないのかもしれない。

「刑事さん、これは、強盗事件じゃないんですか？　お屋敷に何者かが侵入した形跡があると、テレビではそう言ってましたけれど」

「はい、それはほんとです。だけれど、そこから先は、まだよくわかっていないんです」

「強盗事件じゃないのならば、いったい――」

ワイドショーが面白おかしく言っているように、要次と福田麻衣子の痴情《ちじょう》のもつれ、ということになるのか……。だとしたら、会社の評判はがた落ちだ。あのふたりは、死んでまでも、どこまで会社に迷惑をかけるつもりなのか。

「まだよくわかっていないんです」

と、京子は繰り返した。

「ところで、もう少し前日のことを教えていただきたいんですが、要次さんのお供をして、DVDを買いに行ったんでしたね。その日、要次さんに運転手を言いつかってからの行動を、順に聞かせていただけますか？」

「車で本社を出たのは、四時頃でした」

「随分、早いんですね」

「その日はお客様があって、東京駅へ迎えに行かれたんです」

「お客様とは？」

中嶋はちょっと迷ったが、話してしまうことにした。要次という男の生態を知って貰《もら》うことが、きっと捜査に役立つはずだ。

「お話から察して、《小久保グループ》の偉い方だとわかりました。婚約するお嬢さんのお父上だと思います」

「ふたりは、どんな話を？」

「たわいもない話ばかりです。お嬢さんのことですとか、ゴルフのことですとか。帝国ホテルまでお送りしただけで、すぐに下りてしまわれましたし」

「ふたりとも、下りたんですか？」

「そうです」

「そのあとは？」

「小一時間ほどお待ちしたら、今度は三人で出て来られました。お嬢さんも一緒でした。三人で御飯に向かわれるということで、麻布十番まで送りました。そして、お店に二時間ほどおられまして、もう一度帝国ホテルにお送りしたのが、九時頃でした」

「そのあとは？」

「銀座の遅くまでやっている店でDVDを購入されてから一軒、さらに六本木で一軒、馴染《なじ》みのホステスがいる店をおひとりで回られて、二時半頃、六本木から八王子のお屋敷に向かって走り出しました。着いたのが、明け方の四時頃でした。それで、自宅に帰って何時間も寝ないうちに、今度は福田さんから呼び出されたんです」

「災難でしたね。――それにしても、婚約者と会ったあと、ホステスさんのいる店を梯子《はしご》ですか」

京子が目をきょろきょろさせた。あきれているのかもしれないが、むしろ面白がっているような口調だった。

よく動く大きな目が、スチール机に置かれた中嶋のノートにとまった。

「ところで、そのノートはお仕事用のものですか？」

「ええ、行った先が、全部記されてありますよ」

誇らしげに言ったつもりだったが、自嘲的な響きも紛《まぎ》れ込んでしまった気がする。命じられた行き先を、きちんと時刻も合わせて記録するのが、先代の頃からの習慣だった。時間が経ったあとになって、どの店舗の視察に行ったのかを、先代から訊かれることがあった。それで、自分が几帳面《きちようめん》にメモしておけば、何かの時のお役に立つと思ったのだ。今でもその習慣を続けていたのは、やめてしまうと、おのれの仕事への嫌気がいや増すからかもしれない。

「ノートを見せていただいてもいいですか?」

「ええ、かまいませんとも」

中嶋は、みずからノートを開き、京子に向けて差し出した。

「ほら、こうしてひとつずつメモしておくので、あとで訊かれることがあったって、全部答えられますよ」

「一昨日の土曜日の欄に、福田さんを八王子に十六時とあるのは、当日の朝、福田さんから命じられて書き込んだんですか?」

「いえ、それは違います。元々この日は、十六時に八王子のお屋敷を訪ねることになってたんです。でも、当日の朝になって、美容院に回るから、昼頃には自宅に迎えに来るようにと——」

社の運転手をプライベートで利用する福田麻衣子への愚痴を漏らしそうになり、中嶋はあわてて飲み込んだ。死人の悪口を言いたくはなかった。

「そうすると、土曜の十六時に八王子の屋敷を訪ねる予定は、いつこのノートに書き込んだんですか？」

「ええと、確か先週の木曜です。木曜にそう命じられて、書きました」

「なるほど。そして、金曜の四時には要次さんを乗せて、東京駅へ向かったと」

京子はノートの記述をたどり、なぜだか顔を輝かせた。

「同じ金曜の午前中に、留理さんをお乗せになってるんですね」

「はい、久しぶりにお乗せしましたよ」

中嶋は、語りたいことに出合えて、嬉しかった。

「先代の時は、午後の店舗巡りに、いつも私がお供していたんです。お嬢様が社長になってから、自家用車を御自分で運転して回ることが多かったんですが、この時だけは、新宿の支店へ行くのに運転をしてくれと」

「『午後の店舗巡り』と仰いましたけれど、この日は午前中ですね。留理さんは、普段から午前中にも店舗巡りを？」

「いえ、お嬢様も、店舗への視察は午後ですけれど、この日は何か用事があったんじゃないですか?」

「運転中、このノートは、どこに?」

「いつも助手席に置いてますよ。こまめにメモできるように」

「金曜の午前中に留理さんを乗せた時、途中でどこかに寄りましたか?」

「――ああ、コンビニに寄りましたけれど。口臭どめのミントを切らしたというので、買って来て差し上げました」

「中嶋さんが車を出て、買ってきたんですね」

「はい、そうです」

「その時、ノートは、助手席に置いたままだった?」

「――そうですけれど」

中嶋は、そう答えてから、段々と不安な気持ちになった。

花房京子という刑事は、いったい何を確かめようとしているのだろう。

3

「店長の長谷川さんでしょうか？」

声をかけられて部屋の入口を見ると、戸口に背の高い女が立っていた。

長谷川義夫《よしお》は、勤務表のチェックを行っているところだった。事務所の入口は、用を言ってくる店員が結構おり、そのたびに一々開け閉めするのが手間なので、勤務時間中は大概、ストッパーをかけて開けっ放しにしてある。

「副店長の長谷川ですが、何か？」

長谷川は、礼儀正しく応対しつつ「副店長」であることをきちんと強調した。昨年の夏、それまで長いこと店長を務めていた小山田昭男《おやまだあきお》が、朝霞の倉庫へと異動になった。社長であり、その異動以降はこの西東京本店の店長も兼ねることになった留理が発動した、強引な人事異動の結果だった。その時、長谷川が「副店長」に抜擢《ばってき》されたが、あくまでも「副店長」にすぎない。勘違いして出しゃばった振る舞いをすると、いつ何時、小山田の二の舞にならないとも限らない。

小山田は、先代への忠誠心が強い男だった。そのため、留理が立ち上げた安価な自社ブランドの家具も、断固として西東京本店に置くことを拒否し続けた。だが、そのかたくなさがついには留理の怒りを買ってしまった。長谷川は二年前にローンで中古家を買った。上の娘は小三で、下の男の子は小学校に上がったばかりだった。決して小山田のようにはなりたくなかった。

背の高い女は、人懐《ひとなつ》っこい微笑みを浮かべ、警察手帳のID部分を提示した。

「私、警視庁の花房京子と申します。少しお話を伺いたいのですが、よろしいでしょうか？」

長谷川は、いきなり緊張した。警察が、いったい何の用なのだろう。お屋敷で起こった事件については、もちろんテレビで観てよく知っていたし、店員たちの間はその話題で持ちきりだった。お屋敷から一番近い店舗だからだろう、表の国道から、店の様子を撮影しているテレビ局の車も散見された。できるだけ関わらないほうがいい。ただひたすらに頭を低くして、この騒動がすぎてしまうのを待つだけだ。働き出してからの大半を、長谷川はそうして生きてきたし、それが最良の方法だと身を以《もつ》てわかっていた。

「私は今、仕事中なんですが、ここの店長は、社長の沢渡が兼ねているんです。ですから、質問でしたら、私ではなく社長にしていただけませんか？」

「簡単な確認事項なので、すぐに終わりますから、お願いします」

女刑事は人懐っこい笑顔を浮かべたまま、事務所の中へと入ってきてしまった。

「一昨日なんですが、その社長の沢渡さんは、こちらの店舗にいらっしゃいましたか？」

「はい、おられましたよ」

「何時頃から何時頃まで？」

「昼すぎにいらして、店舗を一周御覧になって、そのあとは、御自分の店長室で、二時間ほどお仕事をなさってました」

「店長室というのは？」

「この奥ですよ」と、長谷川は顎で奥のドアを示したが、なんとなく知らない間に質問に答えることになってしまっていることが落ち着かなかった。

「二時間、ずっと部屋においでだったんですか？」

「ええ、そうです。私がここで仕事をしてましたので、それは確かですよ」

「だいたい何時から、何時まで？」

「二時すぎ頃から、三時半頃まででしたかね。三時半をちょっとすぎてたかな」

「それじゃあ、一時間半ぐらいですね。二時間ほどと仰いましたけれど」

「ああ、それは、部屋に籠《こ》もられた時には、二時間ぐらいと、社長本人が仰ってたんです」

「籠もる——？」

「はい、時々、社長はそうされるんですよ。本社の社長室よりも、ここのほうが落ち着くってことで、籠もりっきりで企画を考えるんです。ここのほうが、余計な電話が入ったりしないのもいいんでしょ」

「じゃ、一昨日も、その一時間半の間、電話はまったくなかったんですか？」

「ええ、ありませんでしたよ。携帯のことはわかりませんが、事務所に電話が来ても、取り次がないようにしてますし。そう命じられてるんです。一昨日の場合は、ちょっと仮眠を取られたりもしたみたいですしね」

「それも、社長が仰ってたんですか？」

「そうです」

長谷川はうなずいてから、どきっとした。京子は小型の手帳に何かを書き留めると、その手帳とボールペンを持った右手を、胸の前辺りで小さく上下に揺らし始めた。イヤフォンで音楽を聴きながらリズムを取る人間の動きに似ているが、少し違う。喉元まで出かかっている何かを、必死で引っ張り出そうとしているらしい。

「ところで、社長の留理さんは、普段は自家用車で店舗を回ってるんでしたね。一昨日も、ここには御自分の車で？」

「いや、あの日は違いましたね。電車を使ったのかな。あるいは、会社と提携してるタクシーかハイヤーかもしれないですけれど、自分の車じゃあなかったですよ」

「どうして、はっきりそうわかるんです？」

「だって、社員用の駐車場になかったですから。私、共働きなものですから、昼は弁当を買って済ませてるんです。ここの同じショッピングエリアに、大きなスーパーが入ってまして、毎日、そこで安いやつを。そのスーパーに行くのに、通用門から出て、社員用の駐車場を突っ切ると早いんです。いつも忙しくて、遅い時間にしか昼をとれなくて、一昨日も買いに行けたのは一時半頃でしたが、社長の愛車は駐《と》まってなかったですよ」

「なるほど、そうでしたか」

京子が打つ相槌《あいづち》は、長谷川の耳には届かなかった。話し終えた瞬間、ふと視線を感じて顔を動かすと、戸口に立つ留理が目に飛び込んで来たのだった。

留理は、すごい顔でこっちを睨《にら》んでおり、長谷川は飛び跳ねるようにして椅子から立った。

「社長、どうもお疲れさまです。こちらの刑事さんが、質問があるということで、お答えしていたところでした」

顔が引きつり、上手く微笑むことができなかった。留理の放つ毒々しい雰囲気で、彼女が少し前から話を聞いていたのがわかる。いったい、いつから聞いていたのだろう。自分は、何かまずいことを言ってしまったのか。

「そうだったの。御苦労さま。あとは、私がお相手をするから大丈夫よ。刑事さん、どうぞ、奥でお茶でも淹《い》れますわ」

だが、留理はすぐに怖い顔を引っ込めると、穏やかな笑みをたたえて言った。

「それじゃあ、私はちょっと――」

長谷川は適当な言い訳も見つからないまま、逃げるようにして部屋を出た。

背中が冷たくなっていた。留理が小山田を異動させた時にも、こういう穏やかな顔になったことを思い出したからだ。

4

留理の胸の中に、冷たいものが広がった。

――この刑事は、まさか私を疑っているのか。

いつどこから弾が飛んでくるかわからない戦場に、ぽつんとひとりで投げ出されたような、そんな不安に襲われていた。たとえ疑いを抱く者が現れたとしても、大丈夫だ。計画は完璧で、そして、それを完璧になし遂げたのだ。そんな確信があったはずなのに、現にこういう状況に直面してみると、浮き足立ってしまいそうな自分がいた。

しっかりしなければ。

「お訊きになりたいことがあったのならば、さっき本社でお会いした時に訊いてくだされぱよかったのに。さ、どうぞ、奥にお入りください」

口調は丁寧さを保っていたが、自然には微笑めない顔を京子に見られるのが嫌で、留理は先に立って奥の店長室へと入った。

西日が強い時間帯になっていた。戸口の脇にある天井灯のスイッチを押し上げてから窓辺に歩くと、ブラインドを下ろして日差しをさえぎった。

「そちらにどうぞ。何か飲みますか？」

打ち合わせ用に置いてあるガラステーブルの椅子を勧め、習慣でまずは事務机に歩き、メモや緊急の書類が置いていないかどうかを確かめる。

「いえ、結構です」

「刑事さん、なぜこの店にいらしたんですか？」

「お屋敷から一番近い店舗が、こちらでしたので」

「どういう意味でしょう？　屋敷で兄と福田が死んでいたのと、この店舗と、何か関係があるのでしょうか？」

「わかりません。しかし、もしもお兄さんの死体が、二階からリビングへと転落死したあとで引きずられたのだとしたら、現場には、もうひとり、まだ明らかになっていない誰かがいたことになります」

「その誰かが、兄と福田のふたりを殺害したと——？」

「はい、その場にいたのならば、当然、そういうことになるでしょう」

「待ってちょうだい。引きずられたというのは、確かなの？　それは、あなたが仰っているだけではないんですか？」

「残念ながら、今はまだ、ただの仮説です」

「兄のバスローブに、客間の絨毯の毛がついていたのは、そこでお酒を飲みながら寝転んだからだろうと申しましたよね。砕けた性格の兄でしたから、充分にあり得る話だわ」

「そうかもしれません。でも、違うかもしれない」

「それじゃあ訊きますが、もしも仮にあなたが言うように、別の誰かがその場にいたのだとして、どうして二階から一階に落ちて死んだ兄の死体を、引きずる必要があったんですか？」

留理はそう訊いた瞬間、嫌な予感を覚えた。

「その答えは、わかっています」

京子は、顔を輝かせて言いきった。

「沢渡要次さんを殺害してから、続いて福田麻衣子さんを殺害する必要があったからです。要次さんの死体をリビングに転がしたままでは、その後、麻衣子さんがやって来た時、大騒ぎになってしまいます」

「見てきたように言うけれど、どうしてそんなことが言えるの？」

「リビングも二階も、電気がすべて消えていました。お屋敷でお話しした時に、申し上げましたでしょ。深夜、泥棒が入り、ふたりと鉢合わせして殺してしまったと考えるのには、電気がすべて消えていたのが不自然だと。お屋敷の電気がすべて消えていた理由は、ふたりが夜になる前、まだ辺りが明るいうちに殺されたからです。あの家の窓も、ここと同じで西に面しています。西日が眩しい時間になると、ちょっと前に沢渡さんがなさったように、ブラインド、あるいはカーテンを閉めるでしょう。しかし、あのリビングは、それさえされていませんでした。ただ、レースのカーテンが引かれていただけです。犯行時刻は、まだ明るい間です。そして、犯人の計画では、要次さんは二階で殺害し、廊下に面した三つの部屋のいずれかに隠した上で、福田麻衣子さんが来るのを待つつもりだったんです。だけど、手違いが起こって、要次さんは下のリビングへと落下して死んでしまった。おそらくは、強く殴りすぎたんでしょう。あの家の造りですと、リビングの死体を隠すのに一番近い場所は、廊下を隔てた先の客間しかありません。犯人は、死体を一度懸命に客間へと引きずり、福田さんの到着を待った。現れた福田さんを、言葉巧みに二階へいざない、ゴルフクラブで殴って殺害したあと、要次さんの死体を再びリビングに戻し、凶器であるクラブを握らせ、転がした。だから要次さんの死体には客間の絨毯の毛が付着し、バスローブにしわが寄り、そして、背中や腰の皮膚に擦れた痕があったんです。さらには、この状況から見て、犯人は単独だったと思います」

京子は一息にそう説明すると、難しい問題を黒板で見事に解き、教師を誇らしげに見つめる女生徒のような顔をした。

留理は何も言えなかった。

目の前の女が、まるで自分のすぐ傍で現場の状況を見ていたかのように、何もかも正確に言い当てたことが恐ろしかった。

事件現場で初めて会った時、この女刑事を上手く操れば、警察の捜査を都合のいい方向に誘導できるなどと考えたのが、いかに的外《まとはず》れだったことか。

目の前にいるのは、恐ろしい女だ。

「それで、私を犯人だと疑ったわけ？」

留理は相手の目を見据え、ふてぶてしく訊いた。

戦闘態勢。

相手が強敵であればあるほど、心のスイッチが入るのだ。

今の留理はもう、ちょっと前とは違い、自分の顔が引きつって上手く笑顔を作れないこ
とも、何かを恐れるあまりに応対をしくじることもないと確信が持てた。

――私なら、必ず上手くやれる。たとえ何百人がしくじり、なし遂げられないとしても、
この私ならば必ず勝利をつかみ取れる。

そんな言葉が自然に胸に湧き、体が底のほうから熱くなってくる。

もう一度思う。

――戦闘態勢だ。

「そんな。何を仰るんですか。沢渡さんを疑ってなどいませんよ。ただ、私の仮説が真実
を言い当てているとすれば、亡くなった沢渡要次さんと福田麻衣子さんの周辺に、ふたり
を殺害した犯人がいます。ですから、周辺の捜査を行っているだけです」

「だから、私のアリバイを訊いたの？」

「何ですか――？」

「とぼけなくてもいいのよ、刑事さん。さっき、私が事務所に顔を出した時、副店長の長

谷川に訊いていたでしょ。私が何時から何時まで、この小部屋に籠もっていたのかと。あれは、アリバイを確かめていたんでしょ?」

「――弱りました。すみません、聞かれちゃったんですね。どうか、お気を悪くなさらないでください。一応、関係者全員のアリバイを確かめる必要があるんです」

「それでしたら、私に直接、訊いてくだされればよかったのに。あなたの話からすると、兄が殺害されたのは、福田さんが屋敷に着くちょっと前で、そして、福田さんは、その直後に屋敷に着き、やはり同様に殺された。そういうことなんでしょ」

「仮説ですと、そうなります。だけれど、それがどうして沢渡さんがここで仕事をしていた時間だと御存じなんです?」

「知ってなどいないわ。あなたが長谷川にそう尋ねるのが聞こえたし、たった今、あなたの御高説《ごこうせつ》を拝聴したので、きっとその時間だったのだろうと思っただけ。私、福田さんが何時に兄を訪ねたかなんて、知らないもの」

「――――」

京子が、無言で目を向けてくる。

留理は、その視線を、みずからの視線の力で退けた。

「もう、どこかでお聞きになったのかもしれないけれど、私と兄は、確かに仲のいい兄妹ではなかった。母親が違いますし、仕事に対する考え方も違いました。だけれど、それだからと言って、妹が兄を殺すと思いますか？　花房さん。あなたはひとつ、大事なことを見落としてるわ」

「何でしょう――？」

「私には、兄を殺す動機がないってことよ。もちろん、福田さんを殺害する動機だってないわ。それに、こう考えてちょうだい。今度の事件に対する、テレビニュースやワイドショー、それにネット上の評判などを見たかしら？　専務と秘書が、大っぴらにできないような関係にあった上、専務の実家の屋敷で、ふたりそろって死体で発見されたのよ。今、《沢渡家具》は、ものすごいスキャンダルに巻き込まれてる。会社の信用もがた落ちだし、当然、家具の売れ行きにだって、大きなダメージが出るはずよ。そんなことを、社長の私が喜ぶと思うの？　もしも私が犯人ならば、会社にこんな大きなダメージを与えるようなやり方で、兄と福田さんを殺害すると思う？」

「――いいえ、思えません」

「じゃあ、わかったでしょ。私には動機がないし、もしあったとしても、こんなやり方でふたりを殺害するはずがない。しかも、私にはアリバイがある。なぜならば、私は犯人ではないからよ。わかったら、早く犯人を見つけられるように、頑張ってちょうだい。だけれど、三百万のことも忘れないでね。兄が福田さんにお金を渡そうとしていたのならば、それは手切れ金である可能性が高いわ。そのお金を盗んだ犯人が見つかって、お金が屋敷のどこにあったのかを証言すれば、あなたの仮説自体が成り立たなくなるのではないかしら」

「——そうかもしれません」

「そうしたら、話はお終《しま》いよ。私、そろそろ仕事を始めないとならないの」

京子は立ち上がり、丁寧に頭を下げた。

「お時間を取っていただいて、ありがとうございました」

出口のドアを開け、向こう側へ体が出たところでこちらを振り向いて、もう一度頭を下げる。

だが、まだ立ち去りはしなかった。

「そうだ、もうひとつだけ。うっかりしてました。先週の水曜日、お兄さんと福田麻衣子さんと三人で会われて、何を話されたんでしょうか？」

留理は不意打ちを喰《く》らい、息を呑《の》んだ。

「何のことかしら……？」

「先週の水曜日です。要次さんと、福田さんの、おふたりがあなたを訪ねていらっしゃったのではないですか?」

「ああ、そのことですか。なぜ、それを御存じなんです?」

留理は動揺を抑えて、訊き返した。

「おふたりの手帳のスケジュール表に、留理さんのお名前があったんです」

「そうでしたか。その件については、事件とは何の関係もないと思いますけれど。それに、社の新しい方針に関わることでして、マスコミ発表もまだなので、詳しいお話はできないんです」

「――つまり、そういった新しい方針について、お兄さんと福田さんと相談していたと?」

「福田は兄の秘書だから一緒に来ただけで、相談の相手は兄でした」

「場所は、どちらで? おふたりとも、沢渡さんのお名前があるだけで、場所が記されてなかったんですが」

「なぜそんなことをお訊きになるんです?」

「確か水曜日は、《沢渡家具》の定休日ですよね。お屋敷で話を伺った時にも、社長のあなた御自身、どちらかというと日曜より水曜にお休みを取ることが多いと仰っていたので」

「その日は、休みませんでしたよ。貧乏暇《ひま》なしです。取引相手が水曜に会いたいと言ってくれれば、もちろん出向きますし、たとえ出社していなくても、自宅に仕事を持ち帰ったりしてるんです」

話しながら、留理は考えた。会社で会ったことにしても、守衛やほかの社員に確認されればすぐにはっきりしてしまう。

「それで、その日は、どちらでお兄さんたちとお会いになったんです？」

「私の自宅マンションです。それが、どうしたって言うんです？」

「どういった内容の話をされたのか、差し障《さわ》りのない部分だけでも結構ですので、お話しいただけませんか？」

「ですから、それは社の経営に関することですから、いくら私でも、簡単に外部の方にお話しするわけにはいかないんです。御理解ください」

京子は黙って留理を見つめた。よく動く大きな目が、今はまるで着地場所を探すかのように小さく揺れて落ち着かない。

強く拒みすぎたのか。何か適当なことを言って、お茶を濁すべきだったのではないか。刑事の関心を、この日のやりとりに向けたくはなかった。だが、咄嗟《とっさ》に適当な作り話が思い浮かばなかったのだ。

京子がやっと口を開いた。

「なるほど、わかりました。ありがとうございました」

もう一度礼を言い、今度はほんとに姿を消した。

留理は京子が閉めたドアを、しばらく睨みつけていた。最後のやりとりは、明らかにまずかった。隠しだてをしたことで、かえってあの刑事の興味を引いてしまったのは間違いない。

いや、花房京子は、元々水曜日の会談に興味を示していたのだ。まさか、あの日、三人がした会話が殺人の動機になったというところまで、勘ぐっているのだろうか。

強敵だ。

今後はただの仮説や推測ではなく、証拠に基づくしっかりしたことがわかるまでは、もう顔を出すなと宣言すべきだったか。だが、たとえそんな宣言をしたところで、あの女はきっと顔を出したい時に出すし、調べたい相手を調べるのだろう。

気持ちを落ち着けるまでに、何秒かの時間を必要とした。

その後、留理はすぐに次の行動に移った。出入口のドアを開け、副店長の長谷川の姿を探す。廊下まで見てもいないとわかると、店長室の自分のデスクへと戻って一階の売り場に電話を入れ、館内放送で呼び出しをさせた。

長谷川は、五分と待たない間に飛んできた。顔がいくらか青ざめて見えるのは、花房京子にあれこれ喋ってしまったことで、叱責《しっせき》を受けると思っているのかもしれない。

留理は、長谷川の前に、パソコンから打ち出した企画書を置いた。

「午前中の重役会議で、独自ブランドの家具を、もう一歩大々的に展開していくことになったわ」

「それは、つまり……？」

「決まってるでしょ。我が社の独自ブランドである《sawatari》の家具を、一層大規模に作り、すべての店舗で販売するということよ。この西東京本店も、売り場の配置替えを行い、自社製作の家具を置くスペースを作ります。ここに、私の素案があるの。これを元にして、配置替えのプランをまとめてちょうだい」

「――私、ひとりで、ですか？」

「長谷川さんがここの責任者だもの。お願いよ」

「承知しました」

「それじゃあ、私は店舗を巡回してきます」

今度の事件があって、従業員たちが浮き足立っているはずだ。顔を見せることで気を引き締めたかった。その後、さらに別の店舗をいくつか視察したあと、今日は本社に遅くまで残り、溜まっている書類仕事をやっつけよう。先週は、兄と福田麻衣子からぶつけられた難題に頭を悩ませていたために、仕事がほとんど捗《はかど》らなかった。その遅れを、一刻も早く取り戻したかった。

今は、前へ前へと進む時なのだ。

5

三十分後、長谷川は留理から提示された素案を元に、店舗の配置替えプランを練っていた。とはいえ、実際には作業に当たる延《の》べ人数を割り出し、かかる時間を予測するといった事務作業にすぎなかった。今の女社長の場合、「素案」とはいっても、大概は細部に至るまで細かく考えられた完成案で、ほかの意見が入り込む余地などなかった。余計な口を挟んでも、かえって機嫌を損ねるだけだ。とにかく、この調子で事務的に進めていれば、残業をせずに済むはずだ。

トイレに行った長谷川は、ついでに顔を洗って眠気を追い払い、外の空気を吸うために非常階段に出た。

すっかり秋めいた涼しい風の中で伸びをし、ひょいと視線を巡らせ、驚いた。

「そんなところで、何をやってるんですか？」

あの背の高い刑事が、一般客は立ち入り禁止とされた建物の背後を歩き回っていた。店長室がある二階の窓の辺りを見上げていたような気がした。

女刑事は悪びれる様子もなく、人懐っこい笑顔を浮かべて右手を上げた。

「驚かせてしまいましたか？　守衛さんには断って入らせていただいたんですが」

そんなふうに答えながら大股で歩き、非常階段を上り始めたので、長谷川は内心、焦ってしまった。これ以上、この刑事には関わらないほうがいい。

「もう、社長はお帰りになりましたよ」

と言ったが、実際には社長の留理はまだ店内を巡視中かもしれない。こんなふうにこの女刑事と話しているところを見つかったら、きっとまた睨まれるにちがいない。ついさっき出くわしたばかりの射るような鋭い視線が脳裏によみがえり、腹の底が冷えてくる。

「そうですか。でも、実は長谷川さんに用があったんです」

「私に、ですか……？」

長谷川は、自分の声がかすれるのを感じた。

「長谷川さんは、こちらの副店長ですよね。そして、店長は、社長が兼ねていらっしゃる。少し珍しいケースだと思うのですが」

「確かに、そうかもしれませんが……」

「前から、そうだったんでしょうか？　今の沢渡留理さんが社長になられたのは、三年前ですね」

「その当時は、別の人間が店長をやっておりました」

「その方は、今は？　退職されたんですか？」

「――いえ、別の部署に異動に」

「どちらに？」

長谷川は唇を引き結んだ。

背中にある非常口のドアがいきなり開いて、今にも留理が姿を現すような気がしてならない。

「そんなことが、何か捜査と関係あるのですか？」

「ちょっと気になったものですから」

長谷川は、全神経を耳に集めた。廊下を近づいて来る足音が聞こえる気がする。

「小山田という人が、今は朝霞の倉庫のほうにいます。社長とは意見が合わなかったんです。さあ、もうこれでいいでしょ。私、仕事に戻らなければならないので、これで失礼しますよ」

口早に言い置き、頭を下げると、逃げるようにして非常口のドアを開けた。

6

小久保祐子は、銀座の街をひとりで歩いていた。夜七時、勤務時間が終わったサラリーマンたちで、街は賑《にぎ》わう時刻になっていた。

婚約者である沢渡要次が、ほかの女と一緒に死体で発見されたニュースに接してからずっと、祐子はホテルの部屋に閉じ籠もりっぱなしだった。父が買ってくれたマンションが世田谷にあったが、そこに帰ったら、マスコミの餌食《えじき》になる可能性がある。父がそう言い、自分が東京の滞在用に押さえた帝国ホテルのスイートルームを延泊して、祐子を泊めてくれることにしたのだ。

だが、父のほうは、東京にいる間にこなさなければならないアポがあり、今朝からずっと出てしまっていた。父の好意はありがたかったが、日常生活から離れたホテルの部屋にひとりでいると、なんだか体がふわふわとして落ち着かなかった。自分の婚約者の死のニュースが、現実のものとして捉《とら》えられなかった。

それで、少し前、ついに我慢ができなくなって部屋を出た。その時は気分転換でホテル内の店を冷やかすつもりだったが、エレベーターで階下へ降りると、猛烈に外の空気が吸いたくなり、ルーム・キーをフロントに預けて表に出てしまったのだった。

マスコミの人間に捕まるという強迫観念は、人ごみを歩いている間に消え失せた。

しかし、物思いは常について回り、街の景色を楽しむことはできなかった。結局のところ、自分は男運のない女なのだと、そう嘆《なげ》かずにはおれなかった。

祐子の最初の結婚は、一年ちょっとで破綻《はたん》した。相手は、彼女が当時ピアノを教えていた音楽教室の同僚だった。祐子と同様に音大を出たが、演奏家として食べていく域には到達できず、子供たちにピアノを教えるかたわら、ネット・デザインを副業として暮らしていた。ふたりとも収入は多くなかったが、住居だけは、父が買い与えてくれた広いマンションがあった。

結婚から一年後、夫には、結婚前からずっとつきあっていた女がいて、祐子と結婚したあとで関係が再燃し、こっそりと会っていることがわかってしまった。気づいた彼女が問いつめると、夫は辛そうに顔をゆがめ、きみを傷つけてしまってすまないと謝った。だが、その挙句《あげく》、自分の気持ちに嘘はつけないので、別れて欲しいと切り出したのだった。

父は激怒し、つきあいのある弁護士をつけ、取れるだけの慰謝料を取ってやると宣言した。しかし、祐子はやんわりとそれをとめた。夫にそんなものを払う経済力がないのはわかっていたし、夫の実家にも、彼女から夫を奪った女や両親にも、やはり父を満足させられるような経済力などなかった。

その後、祐子は東京で近所の子供たちにピアノを教えながら試験勉強をし、教員試験に合格し、高校の音楽教師になった。父は名古屋に戻って来いと言ってくれたが、この東京で、音楽教師として生きていくつもりだった。そしてこの春、やはり東京で暮らす従兄《いとこ》の紹介で、沢渡要次と知り合ったのだった。要次は祐子よりも六つ上の三十九歳、四十路《よそじ》の手前まで一度の結婚もしないで来た男の常として、どこか遊び人っぽい雰囲気があったが、それは嫌味なほどではなく、むしろきかん坊がそのまま大人になったような茶目《ちゃめ》っ気として感じられた。それより何より、要次はまめで優しい男だった。

離婚をしてから三年の間、両親は折に触れては見合いの話を持ってきたし、父とともに会社の経営にたずさわる兄たちも、さりげなく男の友人を紹介した。その誰もが、一流企業の社員だったり、経営者の縁者だったりした。祐子はそうした男たちの誰に対しても気持ちが動くことはなく、もう二度めの結婚など絶対にするまいと思っていたにもかかわらず、なぜか沢渡要次にだけは惹《ひ》かれるものを感じたのだ。

それなのに、こんなことになるなんて……。

銀座通りの人ごみを歩くうちに、どこか賑やかな場所で食事を取りたくなり、ＪＲ有楽町駅の傍にあるラーメン屋で味噌ラーメンを注文した。カウンターの中ほどに陣取り、あわただしく食事をかき込む男たちに交じってラーメンをすすった。

そうすれば気が紛れる気がしたのだが、食べ始めてすぐに間違いだと悟ってしまった。結婚の約束をした男が殺されたこと自体が信じられないのに、しかも、秘書の女と一緒だったなんて……。ワイドショーの多くは、ふたりがただならぬ関係にあった可能性をほのめかしている。

こんな現実を、いったいどう受け入れればいいというのだろう。

祐子はラーメンを残して店を出た。帝国ホテルまでの道をふらふらと歩きながら、自分が自分ではないような、直面する現実が現実ではないような気分につきまとわれていた。

結局、ホテルの部屋に閉じ籠もっていた時と少しも変わらなかった。

背の高い女だった。

ちょうど祐子の前に立った女が、レセプションカウンターのホテルマンと押し問答を始めた。女は声をひそめようとしているらしいが、必死であり、それに興奮していることもあって、声が大きくなっていた。

「私、警察の者なんです。小久保さんという方が、昨日、ここに泊まったことは確かなんません。それに、おそらく今日も泊まっていると思います。ですから、取り次いでいただけませんか。ほんの少し、お時間を取っていただきたいだけなんです」

女の横に並び、ルーム・キーを頼もうとした祐子は、女の口から「警察」という言葉と自分の苗字《みようじ》が飛び出すのを聞いて、ドキッとした。

目を合わせないように気をつけつつ、そっと隣りの様子を窺《うかが》うと、必死の形相《ぎようそう》で言い立てる女の前でホテルマンが困惑を押し隠していた。

「そう仰られましても、部屋番号を言ってくださらないことには、おつなぎすることはできないんです」

「やはり、小久保さんは今日もここにお泊まりなんですね」

近づいてきた別のホテルマンに、祐子は部屋番号を告げた。

キーが来るのを待つ間、もう一度こっそりと女の横顔を窺った。必死で言い立てる様子が、なんだか警官らしくなかった。というより、社会人らしくないというべきだろうか。社会見学に来た女子高生が、すっかり当てが外れてしまったことを嘆き悲しみ、必死で喰らいついているみたいだ。

「とにかく、お取り次ぎすることはできません。小久保さん御本人からも、そのように頼まれておりますので」

「そうなんですか――。困ったな……」

しゅんと打ちひしがれた女の前で、ホテルマンはちらっと祐子に視線を動かした。

祐子はあわてて目をそらした。そういえば、背の高い女の相手をしているのは、さっき祐子のルーム・キーを受け取った男だった。祐子が誰かを知っている。

キーを受け取った祐子は、素早く体の向きを変えた。エレベーターを目指して歩き出すが、背中に強い視線を感じた。

ちらりと振り向き、後悔した。背の高い女が、アーモンド形の大きな目で祐子を見つめていた。瞳に、歓喜の色が広がっている。

「何ていう偶然かしら！　私、いつでも運が強いと言われるんです。小久保祐子さんですね。きっとそうだわ」

祐子は、何も答えず歩調を速めた。

だが、女は祐子についてきた。スカートスーツ姿だったが、靴はぺちゃんこの動きやすいもので、男のような大股でずかずかと近づいて来る。

「私、警視庁の花房京子と申します」

祐子は、女を振り払いたくて冷たい視線を向けた。

しかし、花房京子と名乗った刑事は、拍子抜けするぐらいにほんわかとした笑顔を浮かべた。

「沢渡要次さんのことで、お話を聞かせていただきたいんです」

「何もお話しすることなどありません。私、忙しいんです。帰ってください」

引き攣《っ》った顔で吐き捨てるように言い、エレベーターの前に立って昇りのボタンを押した。

「でも、小久保さんだって、沢渡さんの身に起こったことをきちんとお知りになりたいのではないですか。私が知っていることを、すべて御報告します。ですから、小久保さんも私に、御存じのことをお話しいただけないでしょうか。憎むべき犯人を逮捕するためには、ぜひとも小久保さんの御協力が必要なんです」

祐子はかたくなに見上げていたエレベーターの表示盤からふっと目をそらし、隣りに並んで立つ京子を見た。

「憎むべき犯人」という言葉に、反応したのだった。

ワイドショーやニュースでは、要次と秘書の女のふたりが強盗に殺害された可能性に言及してはいたものの、主な興味はむしろふたりの仲に集中し、様々な憶測を交えて騒ぎ立てるだけで、肝心の犯人について詳しい報道は何もなされていなかった。

だが、この刑事ならば、もっと詳しい話を聞かせてくれるかもしれない。

「強盗犯について、具体的な目星がついたんですか？」

祐子が訊くと、京子は素早く左右を見渡して顔を寄せて来た。

「そのことなんですが、私は、強盗犯が要次さんたちふたりを殺害したのではないと思っています」

祐子は、驚いた。

「それじゃあ、いったい誰が？」

「それを立証する上で、ぜひ御協力をお願いしたいんです」

口を開きかけた時、さっきカウンターで応対したホテルマンが走って近づいて来た。

慎《つつし》みを保ちつつも、ふたりの間に割って入った。

「刑事さん、困ります。どうか御理解ください」

ホテルマンも大柄だったが、京子はそれに劣らぬ背丈《せたけ》があった。しきりに体を左右に振り、

「捜査は待ってはくれません。小久保さん、お願いです。ほんの数分で結構なんです。お話を聞かせてください」

ホテルマンの肩越しに、祐子に向かって哀願した。

「今言った話は、本当ですか？」

祐子は、直接、京子に訊いた。

「はい、本当です」

京子の答えに、ためらいはなかった。

「あなた、ひとりなんですか？」

「はい、私、ひとりです。だから、何も心配は要りません」

何も心配は要らないとは、いったいどういうことだろう。そう思ったら、祐子はふいにおかしくなった。

「人のいる場所は疲れてしまうので、部屋でお話しします。それでいいですか？」

「もちろんです。お願いします」

エレベーターがやって来た。祐子は心配顔のホテルマンを「大丈夫です」と押しとどめ、刑事とふたりでエレベーターに乗った。


スイートルームの窓の外には、日比谷《ひびや》公園の緑が見下ろせた。応接セットは窓辺にあり、京子と祐子の姿が、夜空で黒く染まった窓ガラスに映っていた。

祐子は京子に飲み物を尋ねたが、結構ですと遠慮された。それでは自分も飲みにくいと言い、コーヒーでいいかと尋ね返すとうなずいたので、二杯分のコーヒーを部屋に備えつけのメーカーにセットした。

「そうしたら、約束通り、説明してください。刑事さんは、要次さんたちふたりが、強盗に殺されたのではないと考えているのですね？」

祐子は、コーヒーメーカーの傍《かたわ》らに立ったままで、早速訊いた。

「はい、そう考えています。強盗というか、空き巣狙いの犯人があの屋敷に入ったのは、夜になってからのはずです。ですが、要次さんたちが殺害されたのは、もっとずっと前、外が明るいうちだと思います」

「――でも、それじゃあいったい誰が要次さんたちを？」

うながすと、京子は顎を引いてうつむいた。職業柄、何をどこまで話すべきかと考えているのか。あるいは、何か駆け引きを考えているのか。――そうだとしたら、約束が違う。階下のホールで言ってのけたのは、ただ口先だけのことだったのか。

だが、祐子のそんな勘繰りは杞憂《きゆう》に終わった。

「要次さんと秘書の福田さんが大っぴらにはできない関係にあることを利用して、痴話喧《ちわげん》嘩《か》の挙句に、ふたりとも死んでしまったと偽装した人物がいます」

女刑事が一抹《いちまつ》のためらいもなく言ってのけるのを聞き、祐子は驚いた。

そんな話は、ワイドショーでは一言も出なかった。警察では、こういう見方で捜査を進めているのか。それとも、まさかとは思うが、この刑事独自の推理なのか。

「――誰ですか、それは？」

「見当はついていますが、まだ、わからないことがたくさんあるんです。ですから、ここで申し上げるわけにはいきません。そのわからないことを解明するために、お力を貸していただきたいんです」

相変わらずの揺るぎない口調に、こんな時だというのに祐子は少し愉快になった。今、自分に必要なのは、こういう相手と話すことかもしれない。

それに、そろそろ父が戻る時間だろう。話していてもしも何か気まずいことになれば、必ず父が助けてくれる。父は祐子にとり、いつでもそういう存在だった。

「――私が、刑事さんの助けになるんですね？」

「なります」

「わかりました。それじゃあ、何でも訊いてください」

祐子は答え、コーヒーをふたつのカップに注いだ。それを持って応接セットへと歩いた。

「クリームとシュガーは？」

「それじゃ、両方お願いします」

祐子自身は、ブラックのままで口をつけた。

京子はコーヒーを一口すすり、苦い薬を飲み下すような顔をした。スティックシュガーを取り上げて端《はし》を破り、量を慎重に計るようにして注いだが、結局はすべて入れてしまった。続いてクリームを手に取り、こちらは何も考えずにカップふたつ分を次々に注ぐ。

両手を膝につき、真っ直ぐに祐子を見つめて来た。

「先週金曜日の午後、要次さんとお会いになっていますね」

京子は、そう切り出した。

「はい、会ってます。父が上京してきたものですから、三人で会いました。この部屋も、父が泊まるのに押さえたものなんです。マスコミが私に目をつけて押しかけたら大変だと言って、父が延泊にしてくれました」

「お父様というのは、名古屋に本社を置く《小久保グループ》のCEOの——？」

「そうです。小久保竜介《りゅうすけ》ですわ」

祐子は父の名前を人に対して口にする時の誇らしさを覚えた。それは、子供の頃から変わらない感情だった。

「その日は、三人で夕食をとられたそうですね」

「はい、そうです」

「それだけでしたか？」

「いえ、少し仕事の話があるということで、ラウンジで、父と要次さんだけでしばらく話してましたが。二十分かそこらでしたけれど」

「仕事の話というのは？」

「さあ、私には、そういうことはちょっと――」

「要次さんも《沢渡家具》の重役でした。《小久保グループ》との間で、何か取引の話があったのでしょうか？」

「ごめんなさい。そういうことは、ほんとに父でないと。――だけれど、要次さんは家具の販売で、父が経営するのはスーパーマーケットやコンビニのグループですから、なかなかつながらないと思いますけれど」

「なるほど。そうかもしれないですね。ところで、要次さんとは、いつ、どんなふうにお知り合いになったんでしょうか？」

「半年ぐらい前でした。こっちに住んでいる従兄に紹介されました。意気投合して、ふたりで会うようになって。先月、プロポーズをされました」

「祐子さんから御覧になって、要次さんというのは、どんな方でしたか？」

「ざっくばらんな人でした。私、その点に惹かれたんだと思います。それに、とっても優しかったですし……。自分は会社の穀潰《ごくつぶ》しだって、笑って言ってました。優秀な妹さんがいて、会社の経営は、主にその妹さんが牛耳《ぎゅうじ》ってるって」

「妹さんに対して、どんな感じを持っているようでしたか？」

「さあ、わかりませんけれど……」

「親しそうでしたか？　それとも？」

祐子は、少し答え方を考えた。

「ほとんど妹さんの話は出ませんでした。私、直接、お会いしたこともないんです。妹さんと一緒に食事をどうかと持ちかけたことがあるんですけれど、いずれと言われて、ちょっとはぐらかされたような気はしましたけれど……」

京子は手元の手帳へと目を伏せ、ページをめくった。色々なことが、細かい字でびっしりとメモされているのが見える。

そうして目を伏せたのは、次の質問に向けて少し間を置くためでもあったらしかった。

「小久保さんは、要次さんの秘書の福田麻衣子さんのことは、御存じでしたか？」

「いいえ、知りませんでした」

祐子は、舌が乾くのを感じた。そうか、何でも率直に訊くというのは、こういうことなのか。

「お会いになったこともない？」

「――ええ、ありません」

祐子は両手をテーブルから膝に下げて、握りしめた。

「それでは、要次さんに、誰か女の人の影を感じたことは?」

「いいえ、ありませんけれど――」

答える途中で部屋のチャイムが鳴った。父が戻ったのだ。ついさっき父を頼りに思ったばかりだというのに、今は少し疎ましさを感じた。父ならば、この女刑事のことを、一も二もなく追い返してしまうにちがいない。

「ちょっとお待ちください」

祐子は京子に言い置き、ドアへと歩いた。

今度はノックの音がし、それと重なって「私だ」という父の声が聞こえた。せっかちな人なのだ。返事をしてドアを開けると、険《けわ》しい顔の父が立っていた。

「フロントの人間を叱《しか》りつけたところだよ。誰も取り次いではならんときつく言ってあったのに、刑事を中に入れたそうじゃないか。大丈夫だったのか?」

父は、いつものだみ声で言った。きつい口調は、娘を愛《いと》おしく思う気持ちの現れでもあった。子供の頃には、ただ頼もしく、そして誇らしくも思えたものだが、歳を重ねるにしたがって、疎ましく思う感情も交じるようになった。

「フロントデスクで、偶然に出くわしたのよ。大丈夫、今、要次さんの話を聞いていただいていたところなの」

祐子が答えるのを最後まで聞かず、父は娘の横をかすめて部屋の奥へと進んだ。

京子は応接ソファから立ち上がっていた。長身を屈めるようにして頭を下げる。

父は一瞬、それが三十代の若い女であることに驚いたらしいが、

「刑事さん、娘は大変にショックを受けましてな、疲れているんです。どうか、これでお引き取りいただけますか？」

すぐに低いが断固とした声で言った。

京子が困惑をにじませる。

「私ならば、大丈夫よ。捜査に協力したいの……」

祐子は助け舟を出そうとしたが、父の鋭い視線に射すくめられ、尻すぼみに声を途切れさせた。

「おまえは、何もせんでいい。父さんに任せておきなさい。さあ、お引き取り願いましょうか。ああ、ええと、あなた、お名前は？」

「警視庁の花房京子と申します」

「花房さん。そうしたら、今後、娘に何かお訊きになりたい時は、必ず私を通してくださ

い」

追い立てる仕草こそしなかったものの、両足を開いて仁王立ちになり、失礼なことこの上ない。

京子は、丁寧に頭を下げた。

「承知いたしました、ありがとうございます」

これは父に対して述べたもので、

「お時間を取っていただき、ありがとうございました。大変、参考になりました」

その後、祐子に向き直り、もう一度丁寧に頭を下げた。

「最後に、ひとつだけ教えていただきたいのですが、よろしいですか？」

祐子にはそろそろ馴染みになりつつある、人懐っこい笑顔を浮かべる。

「何ですかな？」

父の竜介が、渋々ながら訊き返す。

「金曜の夜、三人でお食事をとられた時、スマホ等で要次さんを撮影なさいませんでしたか？」

「なぜそんなことを――」

と尋ね返す竜介の口調がいかにも不機嫌だったので、

「撮りましたけれど、どうしてです？」

と、祐子が答えた。

「それはよかった。実は、事件現場から、要次さんのネクタイがなくなっているんです。おそらく、現場に侵入したコソ泥が盗んだのだと思われます。写真があれば、どんなネクタイだったか特定できて助かるのですが」

「ちょっと待ってください」

祐子はスマホを取り出し、保存済みの写真をディスプレイに出した。要次とふたり並んだ写真は、父がシャッターを押してくれたものだった。その後、店の人間が気を利かせて、父も入れた三人の写真を撮影してくれた。

「ああ、ネクタイがきちんと写ってますね」

ディスプレイを覗き込んで、京子が言った。

祐子は、京子に乞《こ》われ、彼女のスマホへと画像を転送してやった。

「なんだ、もうひとりで食べてしまったのか。残念だな。一緒に食べようと思って、あわてて飛んで帰って来たんだが」

スーツの上着を脱いでクロゼットにかけた父の竜介は、祐子に向き直り、残念そうに肩をすぼめた。広い肩の上に、どっしりとした肉づきのいい顔が載る男だった。年齢の割にふさふさした髪は、別段染めているわけではなく黒々としているが、もみあげだけが真っ白だった。額のしわと、唇の端から下顎へと放物線を描いて垂れるしわとが目立つ。

「気分転換で、街に出たのよ。それで、ラーメン屋さんに寄っちゃった」

結局のところ、食欲がわかず、半分も食べられなかったことは言わなかった。

「電話をしたんだぞ、携帯に。だが、出なかったので、心配してたんだ」

そう言われてスマホを出してみた祐子は、父からの着信が入っていたことに気がついた。銀座の街中をふらふらしていた時刻だった。

「ごめんなさい、気づかなかったわ」

「いいさ、仕方ない。それじゃあ、ルームサービスで何か取るというのは、どうだね？おまえだって、少しなら何か入るだろ。適当につまみながら、酒でも飲もうじゃないか。どれ、どこにメニューがあるかな」

父はネクタイもはずすと、みずからユニットデスクへと歩き、メニューを見つけて開いた。

「何がいいかな。中華もいいし、イタリアンもいい。どうだ、希望はないか？」

「そうね、私、そんなには入らないけれど。何種類か料理を頼んで、分けて食べましょうよ」

「そうだな。そうしよう。おまえが好きなものを頼むといい。なあに、残ったら、俺がすべて平らげちまうさ」

そんな軽口をたたきながら、メニューをめくる。父は、いつもよりもずっと口数が多かった。明らかに、娘に気を遣っている。そもそも、東京に出張中の父が、こんなふうにゆっくりと時間をすごせるわけがないのだ。朝から晩まで飛び回り、夜はいつでも誰かとの会食の予定があるのが普通だった。東京へ出たというのに、娘のマンションに顔さえ出せずに帰ることなどしょっちゅうで、東京駅で新幹線の発車時刻ぎりぎりになって、電話をして来たこともある。今夜は、誰か仕事相手との会食をキャンセルし、ここにこうしていてくれているにちがいなかった。

「ところで、さっきの女刑事には、いったい何を訊かれたんだね？」

メニューを選び終え、電話で注文を済ませた父は、さっき京子が坐っていたソファに腰を下ろしてそう訊いた。

「要次さんとのことよ。あの人と一緒に死んでた、何とかいう秘書のことを知っていたか、みたいなことも訊かれたわ」

祐子はそんな言い方をした。福田麻衣子という名を口にするのも嫌だった。父は沢渡要次と秘書の関係を、どう思っているのだろう。訊いてみたい衝動に駆られたが、そんな気持ちを抑え込んだ。親子であんな女の話などしたくない。

「あの刑事は、事件をどう見ていたようだね？」

「別に犯人がいるんじゃないかって」

祐子がそう言うと、父は組んだ足の膝に両手を乗せ、上半身を前に乗り出した。今までの柔和な顔が消え失せ、別人のような、いや、いつもの父のような厳しい顔になっていた。

「別にって、どういうことだ？」

「誰かが、要次さんと秘書の女とが争った挙句、ふたりとも死んでしまったみたいに偽装したのだと――」

「あの刑事は、そう考えてるのか？」

「ええ。そうみたい」

父は唇を引き結び、組んだ両手の辺りに目を下げた。厳しい顔の父を見ると、今でも娘時分のようにちょっと怖くなる。娘を厳しく叱りつけたことなど、ただの一度もない父だが、黙って睨まれるだけで、体が震えたものだった。父の会社で働き出した兄たちはふたりとも、末っ子の祐子からすると滑稽《こっけい》なぐらいに父に従順だし、夫が父の会社で働く姉は、ふたりだけの時にふとこう漏らしたことがある。全然違う世界で暮らして、父さんと距離を置いていられるあんたが、一番幸せなのよ、と。

父は祐子の視線に気づくと、照れたように片頬で笑い、冷蔵庫へと歩いて缶ビールを取り出した。

「おまえも飲むか？」

「私はいい」

「気分が紛れるぞ」

「いいの。気にしないで、お父さんはやってちょうだい」

祐子が言うと、タブを開け、父は缶から直接飲み出した。

「なぜそんなふうに考えたのか、詳しい話はしたのかね？」

さり気ない口調で訊いて来る。

「いいえ、詳しくは聞かなかったわ」

「ほかに、何か訊かれたことは？」

「金曜の夜のことを訊かれたぐらい」

「なんて訊かれたんだ？」

「どうしてお父さんと私と要次さんで会ったのかって。御飯を食べたって答えたわ」

「それだけか？」

「お父さんと要次さんが、少し仕事の話をしたけれど、内容は私にはわからないとも答えたわ……。それぐらいよ」

「そうか。なるほどな」

父はまた何か考え込む顔をしたが、それ以降はもう何も訊こうとはしなかった。

「――私、いけなかったかしら？」

祐子が恐る恐る尋ねると、ビールを大きく喉に傾けてから笑った。

「いいや、なぜそんなふうに訊くんだね。祐子のことを、どうやって警察やマスコミから守ろうかと考えてたんだ。いっそのこと、一緒に名古屋へ帰らないか。向こうで、しばらくゆっくりすればいい」

「だめよ。だって、学校があるもの。明日は私、行かなくちゃ」

「もしもマスコミにつきまとわれたら、どうするんだ？　名古屋ならば、私がこの手で守ってやれるが、こっちじゃ、なかなかそうはいかない。おまえのことが心配なんだよ」

「私なら、大丈夫。生徒たちに迷惑はかけられないわ」

「そうしたら、何か困ったことがあったら、すぐに連絡を寄越すんだぞ。マスコミだけじゃない。警察もだ。さっきの女刑事が現れても、もう会う必要などないんだからね」

父の口調は、あくまでも優しかった。

「ええ、わかった」

「そうしたら、私は食事が来る前にシャワーを浴びてしまうよ」

父は早々と飲み干した缶ビールを潰してゴミ箱へと捨て、腰を上げた。

祐子は微笑み、浴室へと向かう父を見送った。なぜ父が、あの花房京子という刑事の質問に興味を持ったのか気になったが、何も訊きはしなかった。

ずっとあの人の娘をやっているのだ。訊いても、答えるはずはないとわかっていた。

7

人気《ひとけ》のなくなった捜査本部の部屋に戻った綿貫良平《りょうへい》は、天井灯の半分が消えていたので、部下の女刑事がまだ残っていることを知った。見回すまでもなく、そうして天井灯を消した側にあるデスクのひとつにデスクライトがついており、そこに坐り、むさぼるようにして捜査資料を読みあさる京子の姿を見つけた。

本人いわく、自身の周りを薄暗くして、デスクライトだけをつけておくと、集中力が上がるそうだった。元はデスクライト以外には全部消していたのだが、綿貫から目を悪くすると叱りつけられ、渋々と明りの数を増やしたのだった。

「またそんなことをして読んでるのか。目を酷使《こくし》すると、老眼になるぞ」

綿貫は京子を見据え、きつい声を出した。

だが、その声は、現場や捜査会議中など、ほかの捜査員たちもいる時のものとは微妙に違っていた。

五十を少し超えた綿貫には、残念ながら息子はおらず、娘ばかりがふたりいた。長女が、京子より三つ下だった。ふたりとも、妻に似て、おしとやかで優しい娘に育ってくれた。

この京子とは正反対だ。

しかし、綿貫には、このマイペースな女刑事を、なぜか自分の娘のように感じることがあった。――と、そう思いつつ何年かつきあってきたが、最近、やっとその間違いに気がついた。娘のように感じているのじゃない。息子のように感じているのだ。

上司の命令には従順で、組織の歯車としては優秀でも、ひとりのデカとしては物足りない連中ばかりが増えた部下たちの中で、この背高《せいたか》のっぽの女だけは、おのれの嗅覚《きゅうかく》や推理を頼りに、ホシと目星をつけた人間に喰らいついていく。

「老眼になんかなりませんよ。私、目は両方とも1・5ですから。それに、まだ四捨五入したら三十ですよ。三十路《みそじ》になったばかりです」

京子のほうでも、ふたりだけの時には、なんとなく砕けた軽口を利く。

「馬鹿、わかっちゃおらんな。視力のいいやつほど、早く老眼になるんだよ。ほら、どうせ何も食っとらんのだろ」

綿貫は言い、コンビニの袋を掲げて見せた。中には、おにぎりとサンドウィッチが入っていた。

弁当のたぐいでは、億劫《おっくう》がって手を出さないことを知っていた。この部下の集中力というか、執着心は、すばらしい。自分が感じた疑問が解けるまでは、それこそ寝食を忘れて没頭する。今も、こうして捜査資料をむさぼり読んでいるということは、何か気になることがあるのだ。

そして、壁にぶつかっている。

「ありがとうございます。うっかり、食べ忘れてました」

京子は礼を述べて頭を下げる間も、視界の片端に捜査資料を収め、そこに書かれた文字から目を離さなかった。

綿貫はあきれて苦笑しつつ、傍の椅子を机から引き出して馬乗りに坐った。

「なぜ、何も食べてないとわかったんです？」

「おまえさんの上司だからさ。ホシは沢渡留理だという推測は、少しも変わらずか？」

京子は、捜査資料から目を上げた。

「はい。この事件の犯人は、間違いなく彼女だと思います」

答えにためらいはなく、その両眼には強い光があった。

だが、ひとつ息を吐くと、

「残念ですが……」

と、小声でつけ足した。

「で、何が気になってるんだ？」

「動機がわからないんです」

「動機な。なぜ、妹が兄を殺したのか。腹違いとはいえ、ふたりは兄妹だ。しかし、聞き込みの結果、決して仲のいい兄妹ではなかった。そればかりか、妹が社長になってからは、兄は足を引っ張るようなことばかりやり、ついには先代の頃から居坐る古株の重役たちに担がれて、反対派の親玉にまでなっていた。そういうことなんだろ」

「そうです。でも、それでも血のつながった妹が兄を殺すほどの動機は、存在しません。それに、もうひとつあります。沢渡留理は、沢渡要次と福田麻衣子のふたりを次々に殺害しています」

「――なぜ兄だけではなく、その秘書の福田麻衣子まで殺害する必要があったのか、だな。何か、手がかりはつかめたのか？」

「いいえ、残念ながら、まだ。ただ、先週の水曜日、沢渡要次と福田麻衣子のふたりが一緒に、沢渡留理の自宅を訪ねてるんです」

「事件の三日前か」

「はい。この日、交わされた会話が、沢渡留理にとっては何か決定的なものだったのかもしれません」

「社長である留理にとって決定的となると、やはり、何か仕事絡みかな。当人には、ぶつけてみたのか？」

「はい」

「で、何と？」

「仕事上の大事な話をしたので、外部の人間には教えられないと突っぱねられました」

「――よし、会社の財務状況等を洗ってみることにしよう。動機に結びつく何かが見つかるかもしれん」

「お願いします」

綿貫は、京子の前に置かれた紙焼きに注意を惹かれた。

「それは何だ？」

「沢渡要次の婚約者である小久保祐子が、事件の前日、要次と夕食を一緒にとっていまして。その席で写した写メを貰えたので、プリントしました。現場からなくなった要次のネクタイが写っていました」

京子は説明しながら手を動かし、机に散乱した捜査資料や証拠品をかき分けた。そして、証拠保全用のビニールに入ったネクタイピンを取り上げた。

「それに、これが、この日につけていたネクタイピンです」

ネクタイピンを綿貫に渡してから、今度は別の写真と、それにルーペを取り上げた。

「こっちの写真は、要次のネクタイの部分を拡大したもの。画像が粗いですが、間違いありません」

綿貫は紙焼きとルーペも受け取り、目をこらした。実をいうとこのところ老眼が進み、薄暗い中では物が見えにくい。紙焼きをデスクライトに近づけ、目をこらす。ネクタイはエンジのストライプ、写っているタイピンは、確かにここにあるのと同じ物で、銀の地色に千鳥模様が入っている。

「千鳥柄か――」

「そのようですね」

どこにでもありそうな品だった。

「ネクタイピンは、なぜネクタイと一緒に盗まれなかったんだろう。どこにあったんだ？」

「ズボンのポケットに入ってました。おそらく、ネクタイをはずした時、ネクタイピンのほうはそこに入れたんでしょう」

「なるほど」

綿貫は、コンビニの袋を京子のほうに押しやり、腰を上げた。

「紙焼きは、空き巣狙いの線を洗ってる連中にも回しておけ。飯ぐらい食えよな」

「わかりました。ありがとうございます」

戸口まで歩いて振り返ると、京子はもう捜査資料に没頭していた。

三章　潜伏する動機

1

小山田昭男の自宅は、八王子の郊外にあった。《沢渡家具》の西東京本店が職場だった時には、自宅から職場まで、車で二十分ほどしかかからずに楽だった。朝霞の倉庫に通わねばならなくなってからは、起床時間も、家を出る時間も、一時間以上早める必要があった。普通に走っても一時間半はかかる距離なのに、府中の辺《あた》りまでは東京の中心部へ向かう車の波とかち合うため、かなりの渋滞に巻き込まれてしまう。

だが、朝霞の倉庫勤務になってからも、小山田は無遅刻無欠勤を通していた。車の中ですごす時間が長くなった分、運転中に好きな音楽をかけ、いいリラックスタイムにすることができる。最近では、図書館から借りた名作の朗読ＣＤを聴くことも、小山田の楽しみのひとつだった。何事につけ、前向きに前向きに捉《とら》えるのが、若い頃からずっと変わらぬ習慣だったし、あと一年半ほどで定年を迎えることを思えば、多少の我慢など屁《へ》でもない。

出勤時間は、いつでもだいたい一番か二番目に早かった。まだ搬送のトラックも来る前の早朝に、空いている駐車場のいつもの場所に車を入れた。

そうする時点で、倉庫の入口付近に立つ女の姿に気づいていた。すぐ横に停めてあるのが、おそらく女の車だろう。

背の高い女だった。

初めは倉庫の入口のほうを向いてきょろきょろしていたが、駐車場に入って来る小山田の車に気づいてからは、顔をこちらに向けていた。そして、小山田がエンジンを切った時には、車のすぐ傍《そば》まで小走りで近づいていた。

三十代の前半ぐらいだろう。身のこなしの軽い女で、そうして走る姿が、子鹿みたいに伸びやかだった。ショートヘアーの髪型も、特徴のないスーツからも、おしゃれに気を遣《つか》っているようには思えない。昔、何か運動をやっていて、今でもその名残を引きずっているような感じがする。

小山田は車を下り、訊《き》いた。

「ここに何か御用ですか？」

長いこと店舗で接客にいそしむ間に身についた、穏やかな笑みをたたえていた。

「こちらの方ですか？　よかった。お訪ねしたんですが、どなたもいらっしゃらなかったので、どうしようかと思ってたんです」

女は、ほがらかに笑い返した。上着の内ポケットに右手を入れ、写真つきのＩＤを取り出した。

「私、警視庁の花房京子と申します。こちらに、小山田昭男さんという方が働いておいでだと思うのですが」

「小山田は、私ですけれど」

「ああ、よかった」ともう一度言う刑事の顔に、ぱっと花が咲いたような笑みが広がった。

「ほんとを言うと、年格好から、もしかしてそうかもしれないと思ったんです。小山田さんは、八王子のお店で、ずっと店長をやっていらっしゃいましたね」

「はい、確かに」

「少し、お話を聞かせていただきたいのですが、お願いします」

「坊ちゃん」と言いかけ、小山田はあわてて言い直した。「要次さんと秘書の福田さんが亡くなられた事件を、調べておいでなんですか？」

「そうです」

「わかりました。ここじゃなんですから、ちょっと中へお入りください」

小山田はそう言うと、先に立って倉庫の入口へと歩いた。

トラックが中まで乗り入れる搬入口は、天井付近から大きなシャッターが下りている。その横に、人の出入りのためのドアがある。鍵でそのドアを開けて入ると、習慣通り、すぐ脇の壁にあるシャッターの開閉スイッチにも鍵を差し込み、動かした。

シャッターが開き、外の空気が流れ込み、朝の日差しが射し込んでくる。倉庫は、直射日光を入れないように窓がほとんどないため、空気がひんやりと冷えていた。

「中へどうぞ」

小山田は、倉庫の一角に作られた事務所へと京子を案内した。

中には、机が四つ、田の字形に置いてある。所長である小山田は、一応はその奥の部屋を自室として貰《もら》っていた。店舗の店長室とは比べ物にならないお粗末な部屋で、しかも壁のスチール棚は、物置として使用されていた。

事務所の小部屋に入ってすぐに、暖房をつけた。だが、それだけでは充分には温まらない。ここ数日は秋が深まり、小型の電気ストーブを身近に置くようになっていた。小山田は電気ストーブを点《とも》し、部屋にひとつだけある事務机の前へと引き寄せると、そこに置かれたスチール椅子《いす》を京子に勧めた。自分は、事務机の向こう側へと回った。

「寒いでしょ。じきに温まりますから、我慢してください」

「ありがとうございます」

京子が丁寧に礼を述べて、腰を下ろす。小山田はジャンパーを脱ぎ、机のすぐ脇に立つ上着掛けにかけた。

メモ帳を取り出していた京子が、小山田が椅子に坐《すわ》るのを待って口を開いた。

「小山田さんは、先代の社長の頃からずっと《沢渡家具》にお勤めになっていらしたんですね」

「ええ、時間だけは長く勤めましたよ。もう、再来年の春には、定年です」

「西東京支店の店長だった時、社長である留理さんと意見が対立したことがあると伺《うかが》ったんですが」

「支店じゃありません。西東京本店です」

小山田は、すぐに否定した。店長だった頃から身に染《し》みついてしまった癖のようなもので、それが今でも直らないことにかすかな驚きを感じた。

「元々《沢渡家具》は、先代が八王子で始められた小さな家具屋だったんです。それを、たった一代で大きくされました。八王子の店は、場所こそ巨大ショッピングセンターの中に移りましたが、そうして商売を大きく展開していく第一歩になった一号店です。ですから、支店ではなく、あくまでも西東京本店なんです」

「そうなんですね。失礼しました。そこの店長をなさっていたということは、やはり、先代の頃からずいぶん頼りにされていたんでしょうね」

「どれだけ先代のお力になれたかは、わかりません。しかし、私なりには精一杯努力して来たつもりです」

「それが、今の社長である留理さんとぶつかってしまったのは、なぜなんですか？」

小山田は、電気ストーブの向きを直し、女刑事にもっと当たりやすくしてやった。そうしながら、考えていた。この刑事は、なぜそんなことに興味を持つのだろう。

「刑事さんは、《sawatari》というローマ字表記の家具ブランドを御存じですか？」

「いいえ、それは御社で売られている？」

「はい、私どものオリジナル家具商品です。今の社長である留理さんが考案され、立ち上げました。長引く不況の中、安価な家具を製作販売する競合店がいくつか現れました。リビングテーブルも、ベッドも、食器棚やサイドボードなども、そういった店へ行けば、うちの半値から三分の一ぐらいの値で買えます。元々、私どもは、高級な家具を、お客様が手に取りやすい値段で御提供することで、商売を大きくしてきました。しかし、そういった店が現れたために、大きな打撃をこうむってしまいました。このままでは、やがて会社が成り立たないところまで追い込まれる。そういった危機感は、経営者や重役陣だけではなく、我々現場の人間も一様に持っています。この難局をどうやって乗り切るべきか。みんなが頭を痛めてきたんです。そして、お嬢さんは、自社ブランドでの製作に踏み切りました」

「しかし、小山田さんは反対されたんですか？」

「今でも反対です。もっとも、ここにいては、どんな声も届きませんが」

「なぜ反対を？」

「舵《かじ》を切るのは、不可能だと思ったからです。確かにお嬢さんの考えはわかりました。しかし、その考えの行き着くところは、《沢渡家具》の商売形態自体の否定です」

「高級家具を仕入れて売る、といった、先代からの御商売のやり方を否定する、という意味ですか？」

「その通りです」

うなずきつつ、小山田は話し方を思案した。元々、話すのが上手いほうではないことは、自分自身がわかっていた。留理にだって、真意がちゃんと伝わったのかどうかわからない。その点だけは、今でも思い出すたびに悔やまれてならなかった。

「現在、《沢渡家具》のいくつかの店舗では、試験的に自社製作の家具を置いております。

どこもそこそこの売れ行きを見せているため、お嬢様は御満悦ですが、その裏で今まで当社で扱ってきたほかの家具の売れ行きは伸び悩み、そればかりか、減少しています。単純に考えればわかることですが、ベッドやタンスを、ふたつ一遍に買う人はおりません」

「なるほど、《sawatari》の家具が売れた分、同じ店舗に展示された、ほかの家具が売れなくなってしまう。食い合ってしまうんですね」

「お嬢さんも、そんなことは充分にわかっていると仰《おっしゃ》いました」

留理がそう言い立てた時の権幕を思い出し、小山田は暗い気分に襲われた。あの時も、小山田はついうっかりと、「単純に考えればわかることですが」と前置きをしてしまったのだ。留理は、この女刑事のようには、小山田の意見を素直に受け取ってくれなかった。

「小山田さん、あなたは私が、単純なこともわからない経営者だと言いたいの」

目を剝《む》き、怒りをあらわにすると、たとえ父の代からの従業員でも、自分を馬鹿にする発言は許せないといったことを、繰り返して何度もまくし立てたのだった。

「このままでは、《沢渡家具》に未来はない。自社製作の安い家具を売る競争相手に少しずつシェアを侵食され、経営が立ちゆかなくなるのは見えている。我が社も家具を自社製作に切り替え、行く行くはローマ字の《sawatari》こそがメイン事業となる流れを作るべきだというのが、今の社長のお考えです」

「しかし、舵を切ることは不可能だと、小山田さんはそう仰るんですね」

「はい、そうです。もしかしたら、私が歳を取り、新しいことに挑むエネルギーが衰えているだけかもしれません。いや、むしろ、会社やお嬢さんのために、私の判断が間違っているほうがいいと思います。しかし、そもそもデザイナーの数が充分に確保されていないし、優秀なデザイナーとなると、私の目からはほとんど皆無に思えます。同じ家具で比較した場合、どうしても《sawatari》ブランドの家具は、ほかの家具よりも、ほぼすべてにおいて見劣りしているのが現状です。それでも、なんとか一定の売れ行きを保っているのは、《沢渡家具》が、世界中の一流家具をお客様に提供しているという企業イメージのためだと思うんです」

「なるほど。しかし、従来の《沢渡家具》の販売形態から完全に自社製品の《sawatari》へとスライドしたら、そうしたイメージもなくなってしまうと」

「仰る通りです。そして、そうなった時、ローマ字の《sawatari》は、本当に他社に太刀打ちできるのか。お嬢さんのなさろうとしていることは、私には、とても危うい賭けに思えてならないんです」

しきりとうなずきつつ真剣に話を聞く京子に、小山田は好感を覚えた。こういった相手に対してならば、口下手な自分でも、思っていることをきちんと伝えられる。

「御長男である要次さんの考えは、どうだったんでしょうか？」

「あの方は、何も考えてはおられませんよ」

リラックスした気分でつい本音を漏らしてしまってから、小山田はすぐに後悔した。会社の人間を悪く言うのは、小山田の性に合わなかった。

「だけれど、先代を慕《した》っていた人の中には、ジュニアの側に立つ人もたくさんいました。今の重役陣だって、半数ぐらいは確実にジュニア派です。なんというか、お嬢さんは、切れすぎる刃物のようなところがあります。そういう人が苦手な人間には、要次さんのほうが親しみやすかったんです。大ざっぱで、いい加減な人だと見られてきたようですが、あれでお父上のいいところだって受け継いでいたんですよ」

話す途中で、小山田はふと思いついて、こんな話を披露することにした。

「例えば、刑事さんは、お屋敷の書斎にある金庫の話は御存じですか？」

「それはいったい、どんな話です？」

よほど興味を惹《ひ》かれたのか、のっぽの女刑事が上半身をぐいと乗り出してきたので、小山田はちょっとたじろいだ。

「――金庫の中には、常時、一定の現ナマが入っていました」

「はい、その話ならば、留理さんからもお聞きしました。先代は、骨董《こっとう》品の収集を趣味にしていたそうですね」

小山田は、微笑《ほほえ》んだ。

「それは、お嬢さん向けの話です」

「――？」

「もちろん、骨董品の支払いもありました。しかし、基本的には、仕事のためです」

「それは、どういう――？」

「商品を安く仕入れるためには、時には相手の横面《よこつら》を札束で叩くような真似だって必要だったんです。そのための現ナマを引き出すのに、一々会社の会計を通している暇《ひま》などありません。先代は、いつでもすぐに使える現金を、身近に置いていたんです。もちろん、あとできちんと会計処理がされましたから、税務署に対して、やましいことは何もありませんよ。要次さんは、そういったことをちゃんとわかっていました。もっとも、坊ちゃんの場合、大方はただ先代の格好だけ真似たみたいなものでしたけれど。それでも何度かは、先代と同じようなやり方で、いい商品を仕入れたことがありましたよ。でも、お嬢さんは、それにいい顔をしませんでした。先代もそうしていた、という話を、まったく信じなかったんです」

「亡くなったお父様のことを、信奉なさってたんですね」

「そうです、その通りです」

小山田は強く同意してから、それでもまだ足りない気がして、つけ足した。

「それはなんというか、少し悲しいほどでした。お嬢さんには、そういった純粋なところがあるんです。先代を崇拝《すうはい》し、そして、おそらくは御自身の中で、神聖化してしまっているのではないでしょうか」

女刑事は、無言で何度かうなずいた。しきりと何かを考えているらしかった。

誰か出勤してきたらしく、隣りの部屋に話し声がした。やがて、ドアにノックの音がして、パートの女子社員が顔を出した。五十前後の色黒な女だった。

「お早うございます」

と声をかけ、来客があることに気づいて京子にも会釈をしたものの、小山田が「あ、ちょっと」と呼びとめて、茶を淹《い》れるように頼もうとしたが、そうする間もなくドアを閉めて消えてしまった。そういった気遣《きづか》いはできない女なのだ。

京子は、相変わらず何かを考え込んでいるようだったが、やがて顔を上げ、大きな目で小山田を見つめてきた。

「先代のお金の使い方について、福田麻衣子さんは詳しかったのでしょうか?」

「それはそうですよ。先代の秘書でしたからね」

小山田は、みずからの声に嫌悪感がにじむのを抑えられなかった。あの女狐《めぎつね》のような女が先代に取り入ってから、会社の雰囲気がおかしくなったのだ。

「ほかにどなたか、当時のお金の流れに詳しい方を御存じないですか？」

「つまり、会社の経理にということですか？」

「ええ、まあ、そういうことも含みます」

「それなら、経理部長だった山科《やましな》という男がおります。もう一昨年の春に定年退職しましたけれど」

「恐れ入りますが、山科さんの御連絡先を教えていただけますか？」

「いったい、何をお訊きになりたいんですか――？　私どもの社に、警察に注意を受けねばならないようなことなど何もありませんよ」

「それはもちろん、わかっています。ですが、ちょっとお会いして話を伺ってみたいんです」

「何についてです？　何をお訊きになりたいんでしょう？」

「私にも、それはまだよくわかりません」

小山田は、京子の顔を見つめ返した。

はぐらかしているようにも、冗談を言っているようにも見えないその率直な顔つきが、小山田に口を開かせた。

「今は神奈川県の逗子《ずし》ですよ。定年とともに、奥さんとふたりで移住したんです。ここからだと、車で二時間近くはかかると思いますけれど、いいんですか――?」

「わかりました。住所をお教えください」

京子は、手帳と筆記用具を体の前に構えた。

2

火曜の朝、早朝の会議をひとつ終えた留理は、不機嫌な気持ちを押しとどめながら、もみあげが真っ白な男と対峙していた。男の名前は、小久保竜介。《小久保グループ》を長年、ひとりで牛耳《ぎゅうじ》ってきた男だった。有能なことはもちろんだが、強引とも冷徹とも噂を聞く。それは業界の一般的な噂というやつで、無論のこと、こうして会うのは初めてだった。

会議中、秘書が一本電話を取り次いできた。よほど緊急で大事な電話以外は取り次がないようにと予《あらかじ》め命じていたため、何ごとかと思って出たところ、小久保からとのことだった。仕方なく出てみると、野太い声が聞こえてきて、至急、会いたい、会議が終わるのを待つので、時間を指定して欲しいと、強引に押し切られてしまったのだ。

会議が終わるや否や、留理はスケジュール表と睨《にら》めっこをし、午前中のスケジュールをやりくりして、小久保と話すための時間をあけた。そして、到着を待ったところ、約束から十五分も遅れて現れた。

車が混んでと微笑みながら言ったのは、遅れたことの言い訳というより、その態度や口調からすると、ただ単に初対面の挨拶《あいさつ》の一部にすぎないようだった。

「お兄さんのことは、残念でした。心から、お悔やみ申し上げます。親戚関係になるのだから、もっと早くに一度、御挨拶に伺うべきでしたのに、結局、こんな形でお会いすることになってしまい、それも誠に残念です」

さらっと言ってのけ、応接ソファで足を組んだ。

その後、そうするのがこの男のやり方なのか、どうでもいいような世間話をいくつか勝手に喋《しゃべ》って留理に相槌《あいづち》だけ打たせた末、彼女がいい加減に焦《じ》れてくると、それを見透かしたようにしてこう切り出したのだった。

「ところで、刑事が昨夜、娘を訪ねて来ましてね。娘はすっかり悲嘆に暮れてしまっているので、ちょうど私が滞在していたホテルのスイートを延泊にして、一緒に泊まっておったんです。しかし、警察というのは、居場所を嗅ぎつけ、どこにでも現れるものですな」

「同じ女性として、お嬢さんの御心中、お察しします」

留理は丁寧に言って頭を下げつつ、胸の中でこう問いかけざるを得なかった。いったい、この男は、私に何の用なのかしら。

「ええ、私も親として、不憫《ふびん》でなりません。今度の事件は、ふたつの意味で、娘にとっては大きなショックだったと思うんです。いうまでもなく、ひとつは婚約者である要次君が亡くなってしまったこと。そして、もうひとつは、どうやらただならぬ関係にあった秘書の女性と一緒だったことです」

額に寄ったしわは、この男の苦悩や悲嘆ぶりを表すのに便利に働いているように見えた。しかし、どこか嘘臭さを感じさせてならなかった。小久保はひとつ間を置くと、上半身を折って、顔を留理のほうに近づけてきた。そして、「社長さん」と呼びかけた。

「社長さんは、お兄さんと福田麻衣子という女性の関係について、何か御存じだったんでしょうか?」

結局は、このことが、緊急で会いたいと申し出た要件なのだろうか。そう思いながら、留理は首を振ってみせた。

「いいえ、私は何も。ワイドショーで報じられているようなことは、私にだって信じられません」

妹として、こう答えておくのが無難なはずだ。

小久保は、物思いに沈んだような顔で、二度三度とうなずいた。

「ところで、昨日、娘の所に来た刑事が、妙なことを言っていたんです。要次君と福田さんは、本当は痴情《ちじょう》のもつれで死んだわけではなく、第三者によって殺害され、ふたりが争った挙句《あげく》にそろって死んでしまったように偽装された疑いがあるそうですね。それは、御存じでしたか？」

留理は、息を呑《の》んだ。不意打ちを喰《く》らってしまっていた。訪ねた刑事とは、花房京子にちがいない。この男の娘を訪ね、そんな推測を開陳《かいちん》した理由は何だ？　そのことを、こうして私に語って聞かせているこの男の狙いは、何だ？

「――そういう推測があることは、私も聞いています。私としては、警察が真相を明らかにしてくれるのを待つしかありません」

「そうですね。同感ですよ」

言葉を切り、間を置く小久保は、物陰から獲物を狙うような目になった。

「ところで、要次君が亡くなる前日、娘と三人で夕食をとる前に、少し、ふたりだけで仕事の話をしたんです。その時、彼は私に、御社の株をうちが一定割合引き受けることを、あなたも快諾なさったと言っていたんですが、それで間違いはありませんね？」

「――」

留理は、みずからの顔から血の気が引くのを感じた。

だが、それはショックのためではなく、激しい怒りの前兆だった。水曜に、兄と福田麻衣子のふたりとした話のどこまでを、兄はこの男に打ち明けたのだろうか。まさか、父絡《がら》みの話までしたはずはない。いくらあの兄だって、そこまで愚かではないはずだ。

そうなると、あとは資産管理会社が握る自社株の件だ。もしも警察が、社債と引き換えに資産管理会社に譲渡された株の存在に目をつけたら、社長である私には、兄を殺害する動機があると見なすにちがいない。

この男は、どうなのだ。

「それは、少しニュアンスが違います」

留理は、小久保の顔を睨みつけるようにして見つめた。この男を一目見た時から気に入らなかった真っ白いもみあげが、いよいよ厭《いや》らしくて不潔なものに思えてくる。一歩もあとになど引くものか。

「ほう、どう違うんです？」

「兄が自分の持ち株をどうしようと、それは兄が決めることですわ。ですから、反対はしなかったという意味です。兄とお嬢さんが結婚していたら、お宅とうちとは姻戚関係ができきたのですから、兄だって、逆にお宅の株を持つつもりでいたのではないですか」

「確かにそうです。お互いに持ち合うつもりでした。だが、私が今している話は、そのことじゃない。おわかりのはずだ。お宅の資産管理会社が管理している自社株のことですよ」

なんということだ。兄への怒りが、またぶり返す。あの男は、やはり資産管理会社の件を、外部のこんな男に喋ってしまったのだ。

「何のことを仰りたいのか、わかりませんが」

「いいや、おわかりのはずだ。とぼけないでいただきたいな」

「小久保さん、いったい何が狙いなんですか？」

小久保は、目を細めて留理を見つめた。裸体を透かし見られているような、おぞましさを感じる。だが、留理は少しも引かず、相手の目を見つめ続けていた。こういう男は、弱みを見せれば、際限なくつけ込んでくるとわかっていた。

「そう訊いてくださると、話が早い。沢渡さん、お宅の新宿と池袋の店舗を、ぜひ譲っていただけませんか。無論、誰もが納得するだけの額はお支払いしますよ」

「あり得ないわ。突然、何を言っているんですか。うちの稼ぎ頭の店舗ですよ」

「ええ、存じてますよ。ですから、我々が東京に進出する際の話題作りには持って来いだし、きちんと集客も狙えます」

留理は、この男が何を考えて兄のプランに乗ったのか、今やはっきりと悟っていた。

「それが狙いだったのね!?」

「何です？」

「うちの店舗を我が物にして、そこを軒並み《小久保グループ》の店舗にすることよ」

小久保は、冷ややかな笑みを浮かべた。

「それは違う。うちの店舗としてふさわしい場所にあるものばかりじゃないですからね。それに、要次君は、《沢渡家具》の名前を残すことを熱望していた。可愛い娘の亭主の希望を、裏切るはずがないでしょ。私だって、きちんとそれなりの規模で残すつもりでしたよ。沢渡さん、同じ経営者として助言します。規模を拡大するばかりが、商売じゃない。先代の理念は、立派だった。そして、国民がみな豊かになる途上の日本では、必要とされた。誰もがちょっとだけ贅沢《ぜいたく》をして、高級な家具を買おうとしていたんです。だが、不況が長引くこの国で、誰がそんな贅沢をしたがりますか？　もう、あなた方の商売の方向は、時代と合わないんですよ。あとは、少なくなったニーズに合わせて規模を縮小し、細々と生きていくべきだ」

留理の体が、怒りに震えた。

「あなたと何かを議論するつもりはありません。お引き取りください」

「そんな強気なことを言っていて、いいのかね。要次君が資産管理会社から得た社債を償還《しょうかん》し、その見返りとして譲渡していた持ち株を受け取ったら、どうなっていたのか。私が一言、そのからくりを警察に話したら、捜査の目は間違いなくあなたに向かいますよ」

「やりたければ、やればいいわ。私は無実だもの。あなたが想像したようなおぞましいことなど、ありません」

「そうかもしれんですな。しかし、警察に動かれれば、《沢渡家具》の評判は益々落ちる。そんなにかたくなに意地を張らなくても、お互い、商売人同士、話し合って正しい答えに歩み寄ったほうが得だと思いませんか？」

「脅しには屈しないわ。今までもそうだったし、これから先もずっとそうよ」

「いつまでそう言っていられるか、見ものだな」

小久保は、捨て台詞《ぜりふ》とともに椅子から立った。

「待って。私からもひとつ、訊きたいことがあります。自分の商売のために、お嬢さんを利用したんですか？　それとも、お嬢さんもあなたとグルなの？」

体の向きを変えかけていた小久保は、ふっと動きをとめ、顔だけを留理のほうに戻してきた。

両眼の燃える憎しみが、あっという間に顔全体に広がった。それは、この男がここに現れてから初めて見せた、非常に率直な表情だった。同時にその表情の向こう側には、押し込められた困惑も見える。

「娘は、関係ない……。あれは、お兄さんを好いていた。父親の目から見れば、頼りないところが目につく男だったが、娘とは気が合ったようだ。私はね、娘の幸せを祈り、あれの従兄に相談して要次君と引き合わせたんだ。決して、商売のためなんかじゃない。残念だよ、あの男が、あんなことになってしまって……。彼を殺した犯人が捕まったら、私はこう言ってやりたいよ。会社や、会社に於《お》ける自分の地位を守るために殺人を犯したのだとしたら、その人間は、一生かけても償いきれないほどの間違いを犯したのだとな」

留理は、まだ目をそらさなかった。

みずからも静かに椅子を立ち、出口の方向を指差した。

「お帰りください。葬儀への出席も、無用に願います」

3

定年後は海の見えるところに住みたいというのが、長いことずっと夫婦の願いだった。子供たちも独立し、夫婦ふたりに戻った今、それを実行しようと思い立ったのが、四、五年前、定年まで二年ちょっとと迫った頃だった。

山科行雄《ゆきお》は、仕事が休みのたびに鎌倉、三浦、伊豆半島に房総半島と、太平洋沿岸の町を見て回り、結果的には逗子の丘の上にある物件を購入した。それぞれに所帯を構えた息子と娘は両方とも東京におり、孫も三人授かった。子供たちの家族が訪ねて来るのに、都心から大きく離れないほうがいいだろうと、夫婦で話し合った結果だった。

高い買い物なので迷ったが、住み始めて二年、思い切って決めてよかったというのが、夫婦の共通の感想だった。

山科も妻も八王子の生まれで、山科の勤め先もずっと八王子や吉祥寺だった。幼少の頃から、海とは無縁な暮らしだったが、今は朝、起きて窓を開けさえすれば、家並みの向こうに青い海が一望できる。朝食を済ませたあと、妻とふたり、愛犬を連れて、海まで散歩をするのが山科の日課だった。

だが、今日は週に一度の絵手紙教室の日で、妻は自宅に仲間を集めて先生を呼び、そのままみなで持ち寄った昼食をとることになっている。

山科は行きつけのコンビニで弁当を買い、砂浜の陽だまりで海を眺めながら食べた。昼食時に帰れば、妻が自分の分も用意してくれるが、全員が女たちの中に交じって食べるのはいかにも窮屈《きゅうくつ》ではないか。

秋の気配が深まり、海を渡る風は涼しさを増していたが、日の光が強いお昼前後ならば、まだ充分に温かかった。目の前に広がる海原では、ウエットスーツを着たサーファーたちが、白い波の穂と格闘していた。その多くは、豆粒ほどの大きさにしか見えないほどの沖合いにいた。

弁当を食べ終え、愛犬にもおやつをやり、水筒に入れてきたコーヒーを飲みながら食後の一服を味わっていた山科は、背後から名前を呼ばれて振り返った。

背の高い女が上半身を斜めにかたむけ、山科のほうを見つめていた。

「はい、私が山科ですが」

山科が答えると、女は人懐《ひとなつ》っこい笑みを浮かべ、横に広いコンクリートの階段を下りてきた。それは海岸沿いの舗装道路から砂浜へと下る階段で、山科は砂浜から二、三段だけ上ったところに腰かけていた。

「私、警視庁の花房京子と申します。かつて《沢渡家具》で働いていらした、山科行雄さんですね」

女は警察のＩＤを提示して名乗り、わざわざそう確認した。

山科は、体の向きを変えて女を見たあと、思い直して立ち上がった。

「いかにも。定年まであそこでお世話になった山科ですが、よくここにいるとわかりましたね？」

「御自宅をお訪ねして、奥様から伺いました。だいたい、この辺りで休んでいらっしゃるだろうって」

「それにしても」

「ワンちゃんです。名前をジョンというらしいですね」

山科の足元で、自分の名前を呼ばれた愛犬が尻尾《しっぽ》を振った。日本犬の雑種だった。

「ああ、そうでしたか。それで、私に何か？」

山科はそう訊き返したものの、沢渡家のお屋敷で起こった事件についてだろうとは、既に見当がついていた。

それにしても、二年も前に会社を辞めた自分に、いったい何を訊きたいのだろう。

「八王子の事件は、もう御存じですね？」

案の定、京子はそう尋ねてきた。

「はい、もちろんニュースで。大変に驚いています。坊ちゃんと福田さんが、あんなことに……」

「あの事件のことで、少しお話を伺いたいのですが、よろしいですか？」

「ええ、私にわかることでしたら」

「ありがとうございます。隣り、並んで坐ってもいいですか？」

階段を指差し、京子が訊く。

「構いませんけれど。服が汚れてしまいますよ」

「はたけばいいだけですから。私、そういうの、あまり気にしないんです」

開けっぴろげで親しげな口調が、山科を落ち着かなくさせた。三十はすぎているように見える女だが、人間関係の距離のようなものが、若い人間同士のように近かった。そもそも若い異性と話すのがあまり得意ではない山科としては、少し苦手な感じがした。

「そろそろ自宅へ引き揚げようと思ってたんです。海岸沿いに歩いて行きますので、一緒にいかがですか？」

山科は、礼儀正しい口調を崩さずに誘った。

「承知しました。それでは、御一緒させてください」

並んで階段を上って歩き出すと、女のほうが自分よりもいくらか上背があることに気がついた。

「先ほどの話し方からすると、福田さんを、直接に御存じだったんですね？」

「もちろんです。先代の秘書でしたし、先代が亡くなられてからは、要次さんの秘書をされていましたので」

「福田さんと要次さんの関係は、御存じでしたか？」

「――いえ、私は何も」

山科は、反射的に口を濁《にご》した。退職したとはいえ、自分は今なお《沢渡家具》の一員だったという意識があるし、先代から受けた恩を忘れてはいなかった。

それに、一旦《いったん》、知っていることを話し出したら、決して言ってはならないあの秘密まで、ぽろっと漏らしてしまいそうで恐ろしかった。

「そうですか。だけれど、社内では、有名な噂だったようですが」

「私は経理畑一筋の堅物ですから。そういう噂には、とんと――」

「しかも、福田さんは、先代の玄一郎さんとも深い関係にあったとか？」

山科は隣りを歩く京子のほうを見ようとはしないまま、今言ったのと同じ答えを繰り返した。それでも相手の反応が気になって、答え終えたあとでちらっと隣りを盗み見ると、女刑事は何かを面白がるような目でこっちを見ていた。

ジョギングのランナーが、山科たちを追い越していく。山科は足を速めたくなったが、背の高い女がゆったりと歩くので、同じ歩調を保たねばならなかった。

「そうですか。わかりました。ところで、先代はお屋敷の金庫の中に、常に現金を用意されていたそうですね」

山科は、ドキッとした。何と答えるか考えていると、京子はさっさと自分で続けた。

「おとぼけにならなくて結構です。割と有名な話だったということで、ある社員の方が話してくださいました」

「なるほど。そうですか――」

短くそう応じるしかなかった。この若い女刑事が、何を訊きたがっているのか、見当がつかないのが不安でならない。

「それに、時折、取引で即金が必要だったのでそうしていただけで、その後、会計的にきちんと処理がなされ、なんらやましいことはないとも聞きました」

「その通りですよ。その通りです」

「そういった会計の詳細について、山科さんならば御存じですね？」

「――ええ、まあ」

そう答えざるを得ない。

「大事な質問なので、正直にお答えいただきたいのですが、先代の玄一郎さんが生きていらした頃、何かほかにも、いわゆる正規のルート以外で会計処理を行ったようなことはありませんでしたか？」

山科は、きょろきょろした。何か口実をもうけ、京子と別れてしまいたかった。だが、視界にあるものといえば、夏の務めを終えて土台だけになった海の家や、死んで打ち上げられた魚のように身を横たえる錆《さび》だらけのボート、それに季節外れの平日で、ほとんど人《ひと》気《け》のない砂浜ぐらい。

家までまだ、どんなに急いでも二十分はかかる。その間、ずっとこの女から、根ほり葉ほり訊かれる質問に答えねばならないのか。自分は、隠しごとには不向きな人間なのだ。真面目《まじめ》に会社勤めをしてきた。定年退職し、海辺での幸せな暮らしも手に入れた。そんな今になって、こんな人間が現れるなんて……。

「そんなことなど、あるはずがありません……。たとえあったとしても、私は何も知りませんよ――」

山科は、かすれ声で否定した。我知らず、早口にもなってしまっていた。くそ、まるで青二才のような態度じゃないか。思い切って立ち止まり、京子のほうに体を向けた。

「刑事さん、私は何も知りません。ですから、お帰りください」

「山科さん、これは、殺人事件の捜査なんですよ。知っていることは、何でも正直に話していただきたいんです」

「何も知らないと言ってるでしょ。しつこい人だな。私は道を渡ります。ついて来ないでください！」

高らかに宣言し、少し先の信号へと向かう。

「すみませんでした。そうしたら、別のことを少し。これが最後の質問ですので」

京子に呼び止められ、仕方なく振り向く。

「何です、いったい？」

「先代の玄一郎氏が、長男の要次さんではなく、長女で年下の留理さんに社長の座を譲られた時、大きなトラブルはなかったのでしょうか？」

「――それは確かに、賛否両論ありましたよ。重役の間でも、ふたつに意見が割れました。しかし、最終的には、要次さんみずからが、跡目争いから降りてしまったんですよ。会社を背負うよりも、毎月、資産管理会社から一定の小遣いを得て、気ままに生きていくことを選んだんです」

「資産管理会社、ですか」京子は、大きな目をきらきらさせた。「それは、いったい、何の話です？」

山科は、歩行者信号に目をやった。青信号が点滅を始めていた。次の青まで話して、それで終わりだ。

「《さくら企画》という名前の管理会社です。沢渡一族の資産を管理しているのですが、先代は生前、《沢渡家具》の株式の一部を、この《さくら企画》に譲渡しました。それと引き換えに、《さくら企画》は社債を発行しました」

「ちょっと待ってください。すみません、そういった話には縁遠いもので、簡単にポイントを教えていただけますか。そうすると、《さくら企画》は《沢渡家具》の株を持ち、その見返りとして、社債を発行した。それがどうして、お小遣いになるんですか？」

「いわば等価交換ですから、社債を引き取るのには、一文も払う必要がありません。ですが、その後、《さくら企画》に支払われる《沢渡家具》の株の配当金は、《さくら企画》の社債の利息として、毎年、社債の持ち主である要次さんと留理さんに支払われるということです」

「そして、先ほどの話からすると、要次さんの取り分のほうが圧倒的に多いと？」

「そういうことです。留理さんの持ち株もいくらかはありますが、大半は要次さんの持ち株です。妹の留理さんを社長に指名する時、先代の玄一郎社長名義でこの《さくら企画》

に譲渡されていた株の大半は、兄の要次さんに引き継がれることになりました」

「なるほど、よくわかりました。ところで、その株を、要次さんや留理さんが《さくら企画》に返還を求めることもできるのでは？」

「返還というか、償還ですね。――でも、それは先代が《さくら企画》を創設された意図と違いますし」

「しかし、社債には、償還期限がないのですか？」

「まあ、あるにはありますけれど」

「やっぱりあるんですね？」

「ですが、こういった目的の社債発行の場合、自動延長されるのが普通ですよ」

「そうなんでしょうね……。でも、そういった取り決めが、なおざりにされていた可能性もあるのでは？」

「――さあ、それは私には、何とも。《さくら企画》の設立と運営に、直接、関わったわけではありませんので」

「わかりました。ありがとうございます。最後にほんとにもうひとつだけ。もしもの話ですが、要次さんが《さくら企画》に対して社債の償還を求めた場合、《さくら企画》は要次さんから譲渡された株を、本人に返さなければならない。そう理解していいんですか？」

「それは確かにその通りです。《さくら企画》には、社債分の現金資産などありませんから、株による代物弁済《だいぶつべんさい》ということになります。――ただし、もう一度言いますが、それは《さくら企画》設立の意図に反していますから、あり得ませんよ」

「はい、そうでしょうね。あくまで、仮定の話です。もしもその株を手に入れたら、要次さんは《沢渡家具》の筆頭株主になりますか？」

「ええ、理論上はそうですけれど……」

「わかりました」

と繰り返してうなずく京子の顔が、山科を急に不安にした。

「あ、信号が青に変わりましたよ。貴重なお時間を、ありがとうございました」

「いえいえ、お安い御用です」

山科は、頭を下げる京子にうなずき返し、歩き出した。

信号を横断して振り返ると、背の高い女刑事は、大股《おおまた》で足早に元来た方向へと引き返していくところだった。

前方の道だけを見つめ、ひたすらに先へ先へと急ぐ彼女の姿を見るうちに、不安が益々大きくなる。

社の大事な秘密は一言も漏らさず、隠し通したはずなのに、この不安はいったい何なのだろう。

4

たばこの値段が跳ね上がって以来、思う存分にモクを楽しむのは久方ぶりだった。たばこ屋を出た坂戸新次郎《さかどしんじろう》は、人気《ひとけ》のない路地の前後左右を確かめると、新しいマルボロの封を切り、早速、一本を口に運んだ。

ガキの頃からずっと、ツキに見放されっぱなしの人生だった。坂戸が幼稚園の頃、父は外に女を作って出て行った。辛気臭《しんきくさ》い母親が、自分とよく似たタイプの辛気臭い男と再婚したのは、坂戸が小学校二年の時だった。義理の父親には坂戸より二歳年上の娘がいて、この娘は坂戸の四つ上の姉と仲良くなった。女ふたりが仲良くなればなるほど、坂戸の疎外感は強まった。結局、新しい家族に馴染《なじ》めないまま、高校を中退して家を出た。

窃盗で最初に捕まったのが、十七の時。田舎町では、玄関や窓の鍵をかけずに外出する家など、ざらだった。そういった家に忍び込んでは、盗みを繰り返していたのだ。コツは、金《かね》を少額ずつ盗むことだった。そうしていれば、大概《たいがい》の人間は、盗まれたことに気づかない。

だが、捕まった時には、運悪く盗みの最中に、家の人間が戻ってきてしまった。そして、さらに運が悪いことに、それは屈強な大男だった。一目散に逃げ出したが、そいつは獰猛《どうもう》な顔でしつこく追ってきて、じきに取り押さえられてしまった。

あの時はまだ母は息子を気にかけ、少年院にもかなり頻繁《ひんぱん》に面会に来てくれた。しかし、二度三度と繰り返すうちに、母の態度も段々変わった。そして、最後には、お願いだからもう決して家族に関わらないでおくれ、おまえは病気なんだよ、というような言葉を吐きつけられた。それ以来、母とは二度と会っていなかった。

あれから、どれだけ時間が流れたろう。こんな人生など真っ平だ。きちんと働き、人並みの暮らしをするのだと、みずからに言い聞かせたことも何度かあるが、結局、長続きはしなかった。日に八時間も九時間も働いて、わずかばかりの給金を貰う暮らしに、満足などできるわけがないではないか。

金以外に、ちょっとした小物を盗むようになったのは、十年ほど前、ちょうど三十路《みそじ》に入った頃からだった。小物に興味を持ってみると、ただ金を盗んでいた時とは違い、仕事に新たな張りを感じた。時期を同じくして、金を少額盗むといったスタイルはやめにした。盗めるだけの金を盗み、一緒に小物もかすめてしまう。ある程度、まとまった金さえ入れば、しばらく盗みはしないでいられる。捕まる心配をしなくていい暮らしを、何週間かは続けられるのだ。

今度のヤマは、すごかった。今までの不運続きの人生のツケが、一遍に払い戻されたような気がした。何しろ、三百万の現金が、ぽんとテーブルの上に投げ出されてあったのだ。死体に出くわした時には、さすがに肝《きも》を潰したが、あれだけの現金を手にしたのだから、御の字だ。

テレビのワイドショーによると、あのふたりは、別れ話がもつれて死んでしまった可能性が高いらしかった。そうすると、あの三百万は、手切れ金にちがいない。手切れ金のことなど、ぺらぺらと大っぴらに喋りまくるはずがないから、金のことは誰も知らないのではないか。

封がされたままの新札なので、紙幣番号が明らかになってしまっていることは察しがついた。だから、警察がこの金の存在を知って探し回っているとしたら、使えばすぐに足がつく。だが、もしも存在自体を知らないのならば、そんな心配など無用だ。

坂戸は迷った末、刑務所で知り合ったやくざのツテを頼り、マネー洗浄を頼むことにした。やくざと絡むのは恐ろしかったし、三百万をそのままネコババされたらどうしようという心配もあったが、そのやくざは漢気《おとこぎ》の強い男で、ムショ内でもみんなから頼りにされていた。あの男ならば大丈夫だろうと思い、連絡を取ったのだった。

そして、明日、そのやくざが紹介してくれた相手と会う約束になっていた。やくざにはそれ相応の紹介料を払わねばならないし、マネー洗浄の手数料もずいぶんと吹っ掛けられてしまったが、保険料だと思うべきだろう。警察に捕まってしまったら、元も子もない。とにかく、こんなに大量の現ナマを手にするのは生まれて初めてなのだ。幸運に感謝し、しばらくは好き勝手な生活を謳歌《おうか》したかった。

まずは前祝だ。そう思った坂戸は、傍に防犯カメラが設置されておらず、じいさんかばあさんがひとりで店番をしているようなたばこ屋を見つけると、ピン札を一万だけ使ったのだ。外国たばこをふた箱買い、一万円札で払ってお釣りを貰った。

たばこを二本、立て続けに喫《す》うと、その後、電車でアパートの最寄り駅まで戻り、スーパーで食料品と酒を大量に買い込んだ。

スーパーのビニール袋を両手に下げてアパートに戻り、自室がある二階へと錆びた外階段を上ったところで、背後から名を呼ばれた。

振り返ると、目つきの鋭い男がふたり、階段の下に立っていた。ずっとどこか物陰に隠れていて、坂戸が階段を上るのを待って姿を現したのだ。

「坂戸新次郎さんだね」

年配の背の低い男のほうが再びそう確かめつつ、右腕を上着の内ポケットに突っ込んだ時には、坂戸にはもう相手の正体がわかっていた。今まで、うんざりするぐらいに何度も出くわしてきた動きだった。

ちきしょう、何てこった。せっかく大金を手に入れたというのに……。

「ちょっと話を聞かせて貰いたいんだが、いいかね」

そう言いながら、警察手帳が提示された時にはもう、坂戸は階段の手すりを乗り越え、下の地面へと飛び降りていた。

男たちが、口々に何か喚きながら走り寄ってくるのを尻目に逃げ出そうとして、できなかった。

着地の瞬間、左の足首に猛烈な痛みが走っていた。呻《うめ》いてうずくまる坂戸は、両側から刑事たちに押さえつけられてしまった。

「坂戸、貴様、なぜ逃げた。きちんと納得の行く理由を、説明して貰うぞ」

そんな言葉を浴びせかけられながら、坂戸は脂汗を流して顔をゆがめた。

「足が折れたよ。痛《いて》えよ……。痛えんだ。頼むから、医者に連れて行ってくれ……」

くそ、俺はやっぱりついてない。これで三百万もおじゃんだし、コツコツと集めた小物のコレクションも、すべて警察に没収されてしまう。

5

「それが動機か——⁉」

京子の説明を聞いた綿貫は、思わず大きな声を出した。普段からだみ声で、班の中でも、飛びぬけて声の大きな男だった。現場の捜査指揮を執《と》るには便利だったし、実際、指揮を執る間に、一層のだみ声になった側面もある。だが、ひそひそ話には向かない声だと、自分でも思う。綿貫は、思わず周囲を見渡した。

ふたりは今、事件現場である屋敷の裏庭にいた。現場百回。綿貫は先輩からそう教えられていたし、みずからも部下に、口を酸っぱくしてそう言っている。

考え事にふける時、ひとりで現場に戻ることもある。今も、そうしていたところだった。屋敷の中をくまなく歩き回り、南側の広い庭も歩いたのち、空き巣の侵入経路と目される屋敷裏手の塀際《へいぎわ》へと回りかけたところ、京子と出くわした。

自分の興味の対象に向かって、いつでも鉄砲玉のような勢いで飛び出していく女刑事は、午前中から逗子まで足を運んでいた。それが、大きな目を輝かせ、裏口の木戸から飛び込んできたのだ。

「ああ、よかった。本部で、こっちにおいでだと聞いたものですから」

彼女の輝く両眼を見て、綿貫に明るい予感が走っていた。何かを摑《つか》んだのだ。それで、携帯に電話をすることも忘れ、一目散にここに飛んできたにちがいない。——そう思い、報告を促《うなが》したところ、京子は《さくら企画》の話を告げたのだった。

「はい、これが犯行の動機だと思います」

京子は、力強くうなずいた。

「兄の要次は、《さくら企画》に、社債の償還を求めたにちがいありません。《さくら企画》は、これに対して、要次に株で代物弁済するという形で対応せざるを得ません。裁判になるかもしれませんが、法律的な細かい取り決めをなおざりにしているとしたら、社債の持ち主である要次の意向が優先されるはずです」

綿貫はうなずき返し、右の掌で下顎《あご》をなでた。捜査本部が立ってから、きちんとひげを剃《そ》る暇もないため、指先に固いひげの先が当たる。

「そして、要次がその株を入手したら、《沢渡家具》の筆頭株主になる。現社長である留理のやり方に反対だった要次は、彼女を追い出し、自分が社長の座に収まろうとしたにちがいない。そういうことだな」

「はい、そうです。それに、沢渡要次の婚約者は《小久保グループ》の次女で、しかも、事件の前夜に、要次は婚約者の父親であり、《小久保グループ》のCEOである小久保竜介と会っています。要次はこの時、妹の留理にとっては到底受け入れられないような取り決めを、小久保竜介との間で行ったのではないでしょうか」

「うん、それも充分に考えられるな」

綿貫は身振りで京子をいざない、屋敷に沿って歩き出した。日陰は肌寒い時間帯になっている。

玄関前のアプローチに着くと、歩調をゆるめ、立ち止まり、改めて口を開いた。

「しかし、それはまだ動機の半分でしかない」

「はい、わかっています。これだけならば、兄を殺害すれば済んだはずです。殺害方法も、もっと違ったものになっていたのではないでしょうか」

「だが、沢渡留理は兄の要次と福田麻衣子のふたりを、そろって殺害せねばならなかった。その点については、どうだ?」

「残念ですが、それについてはまだ、はっきりしたことはわかりません」

そう否定して見せたものの、京子の顔にはある種の自信が窺《うかが》えた。

「しかし、《沢渡家具》には、何か表に出ていない秘密があるように思います。しかも、それは何か、彼女の父親も関係したことではないかと」

「なぜそう思うんだ？」

「《さくら企画》の話を聞かせてくれたのは《沢渡家具》の経理を担当していた元社員なのですが、彼は過去の経理について、何か隠している様子なんです。それに、沢渡留理は、父親を愛し、尊敬し、みずからの手本にしてきました。その父親の汚点になるようなことは、決して表には出したがらないはずです」

「――なるほど、そうだな。それに、先代の玄一郎の秘書でもあった福田麻衣子ならば、その秘密を知っていたとしても不思議はない」

「はい、そう思います。《沢渡家具》の経理状況を、過去にさかのぼって調べる必要があるのではないでしょうか」

「おいおい、気楽に言ってくれるなよ。令状を取るだけの材料があれば別だが、現状で何ができるのか。――まあ、任せておけ。少し頭をひねってみるさ」

上着の内ポケットで携帯電話が振動し、綿貫は取り出した。ディスプレイに、捜査本部直通の番号がある。

通話ボタンを押して耳に運び、やりとりを終えて目をやると、京子はじっと綿貫の顔を見ていた。綿貫が交わす言葉によって、電話の内容に見当をつけたらしかった。

「空き巣狙いが捕まったぞ。坂戸新次郎ってやつだ。マエが五つあり、最後に捕まった時には、指輪やイヤリング、タイピンなど、大量の小物をヤサに貯め込んでたそうだ。手口から容疑者として浮かび上がり、自宅前で張ってた捜査員が職務質問をかけようとしたところ、階段から飛び降りて逃げ出そうとした。公務執行妨害で緊急逮捕、部屋を探ったら、金と大量の盗品が出てきたってことだ。取り調べには、三課の木下《きのした》が当たる。キノさんは、前にもこの坂戸を取り調べたことがあって、顔馴染みだそうだ。一緒に来い」

綿貫は一息に告げると、先に立って走り出した。

6

窃盗犯担当の木下忠夫《ただお》刑事は、四十代後半の苦労人だった。幼い頃に父親を亡くしたため、父の思い出はほとんどない。母は給食センターで働きながら、ひとり息子の木下を育ててくれた。高校を卒業した時、母に楽をさせたいという思いから、就職先として警察を選んだ。血なまぐさいことは苦手だったし、母のことを思うと、危険があるような任務はできるだけ避けたかったが、頭がいいわけでも何かの特技があるわけでもない高校を出たての若造がつける安定した職といえば、警察か自衛隊ぐらいしか思いつかなかったのだ。

しかし、血なまぐさいことは苦手ではあったが、人一倍の粘り強さは持ち合わせている。

そんな自分の性格は、コツコツと証拠を集めるような仕事には向いているのではないか。警察官になった時、秘かにそんな自負はあった。

組織のほうでも、そういった特性を見抜いてくれたのかもしれない。交番勤務を終えたあと、木下は所轄で三課の窃盗犯担当を十年近くにわたって務めた。さらには、その当時の上司が、木下自身も知らなかった特性に気づかせてくれた。

それは、容疑者の心を開かせ、話を辛抱強く引き出すことだった。

窃盗犯の多くは常習犯であり、そして、そうした常習犯はほぼ例外なく、心に傷を抱えている。その傷が猛烈な劣等感を生み、普通の社会人としての暮らしを成り立たなくしてしまっている。辛抱強く話を聞き、そうした心の傷にまで思いを馳《は》せることができて初めて、容疑者は心を開いて語り出すのだ。木下はやがて、所轄で「落としの名人」と呼ばれるようになり、そして、本庁へと配属替えになった。

今にして思うが、早くに父を亡くし、母とふたりで身を寄せ合うようにして暮らしていた少年時代の経験が、自分をいわゆるノビ師と呼ばれる窃盗常習犯たちの心に寄り添いやすい刑事にしたのではなかろうか。

今、取り調べデスクをはさんで向かいに坐る坂戸新次郎も、幼い頃に父親が家を出て行き、母親の再婚相手との関係が上手くいかず、実家を飛び出したのち、二十歳前から悪事の習慣がついてしまった男だった。

確か母親のほかに姉がいたはずだが、ふたりとも坂戸との縁を切り、決して家族に近づくなと宣言している。五年前にパクった時に聞いたそんな話を、木下はしっかりと記憶していた。

「お袋は元気か？」

そう問うと、坂戸は気《け》だるそうに木下を見た。

ちょっと首をかしげ、顎を引いて上目遣《うわめづか》いに睨む仕草が、いかにも恨みがましく見える。

「会ってねえから、知らねえよ」

「姉さんとも、音信不通のままか？」

姉のことも訊いてみると、坂戸はちょっと驚いた様子だった。自分に姉がいることを、木下が覚えているとは思っていなかったのだろう。

「なあ、旦那。足が痛くてしょうがねえんだ。取り調べは、明日からにしてくれよ。もう、こうしてお縄になっちまったんだから、急がねえだろ」

「ただの軽い捻挫《ねんざ》だそうだぜ。そう言わずに協力しろよ」

「木下の旦那が出て来たんじゃ、しょうがねえや。協力はするさ。だけど、一晩ぐらい待ってくれたっていいだろ」

「なんで待って欲しいんだ？」

「決まってら。この無念な気持ちに、折り合いをつけるためさ。三百万だぜ。ピン札の三百万だ。俺は初めて拝んだ。あれも買いてえ、これもしてえ。色々とやりたいことを考えてたんだ。初めてツキが回ってきたと思ったさ。それなのによう……」

悔し気に顔をゆがめる小男を見て、木下は思わず苦笑した。確かに、一晩ぐらいは、ひとりでたっぷりと悔しがりたいところだろう。

だが、そうはいかないのだ。マジックミラーの向こうで、殺人事件を捜査する一課の刑事たちが、息を詰めるようにしてこのやりとりを聞いている。坂戸が何を知っているかによって、殺しの捜査も大きく進展する可能性がある。

「おまえの気持ちはわかるがな。この場で知ってることを何もかも話さねえと、おまえ自身がとんでもないことになるんだぞ」

木下は、わざと冷ややかな口調で告げた。

「――――」

無言で、探るような視線を向けてくる坂戸に、今度はぴしゃりと叩きつけた。

「おまえ、自分の立場がわかってるのか、坂戸。おまえにゃ、強盗殺人の容疑がかかってるんだ」

坂戸の頬がぴくっと動き、見る見るうちに血の気が引いてくる。元々、小心な男なのだ。

「――冗談はなしだぜ」

「俺が冗談を言ってるように見えるか。空き巣狙いのおまえが、運の悪いことに在宅中の人間と出くわしちまった。そして、咄嗟《とっさ》に殺してしまった。俺は、いつかこんなことが起こるんじゃないかと心配してたんだ。強盗殺人で、被害者がふたりだ。おまえ、これがどれだけ重たい刑になるかわかるな？」

「よしてくれ。死んでたんだよ。俺があの家に入った時には、ふたりとも死んでたんだ。俺は、誰も殺してなんかいねえよ。信じてくれって、木下さん」

「頭から全部、話すんだ。信じるかどうかは、それから判断する。いいな、全部、正直にだぞ。ひとつでも嘘が混じっているとわかったら、俺はおまえを見放すからな」

「ああ、何でも話すよ。何でも話すから、訊いてくれ」

木下は壁際に坐る補助役の捜査員に目配せし、質問を始めた。

「おまえが屋敷に忍び込んだ時間は？」

「夜の八時頃だよ」

「八時？」

「ああ、あの辺りはほとんど人通りがないし、屋敷の奥は裏山で、周りの家から死角になってる。しかも、裏手の窓が開きっぱなしだったからな」

「ちょっと待て。真っ暗闇の中で、裏手の窓が開いてることに気づいたのか？」

「いいや、違うよ。明るいうちに、何度か下見に行ったんだ。あの屋敷は、留守のことが多いのさ。しかも、裏山の斜面に生えた木の枝を伝えば、結構簡単に塀を乗り越えられる。辛抱強く様子を窺っていたら、いつか必ずチャンスがあると思ってたのさ。それで、日が落ちても屋敷の電気がつかないので、誰もいないと思ってな。八時頃まで様子を窺った。人の気配が感じられなかったので、忍び込んだのさ。――だけれど、まさか、死んでたなんて。びっくりしたぜ」

「よし、それじゃあ入ってからの様子を順番に話せ。裏手の窓から入ったんだな？」

「そうさ」

「暗くて何も見えなかったんじゃないのか？」

「ペンライトを使った」

「で、どうしたんだ？」

「そこは四畳半の和室だった。タンスがあったんで中を探ったが、大した物は何も入っちゃいねえ。それで、その部屋を出て、リビングに行ったんだ。そしたら、部屋の真ん中の応接テーブルに、札束が見えたのさ。やったね。なんてラッキーだと思ったぜ。俺はテーブルに近づいて、札束を背中のナップザックに入れた。そして、振り向いたら、びっくりしたぜ。思わず声を上げそうになった。床に男が倒れてたんだ。死んでるのは、すぐにわかった。関わりを持ったら、大変だ。俺はあわてて逃げ出したんだよ。——そうだ、木下さん。俺は犯人を見てるぜ」

「いい加減なことを言うんじゃない」

「ほんとだって。昼間、裏山から屋敷を下見してたと言ったろ。そん時、あの屋敷にバイクでやって来た女がいたんだ」

「どんなバイクだ？」

「けっこう大型だったな」

「ナンバーは？」

「いや、そこまでは見えなかった。近眼だからさ」

「乗ってたのは、間違いなく女だったのか？」

「ああ、それは間違いねえ」

答えた時、ドアにノックの音がして、一課の綿貫が顔を出した。すぐ後ろに、木下たち三課の人間が秘かに「のっぽのバンビ」とあだ名する花房京子も一緒だった。ひょろりと長い足で、姿を見かける時にはいつでも駆けずり回っている女刑事は、森を跳ね回る子鹿を連想させる。

「ちょっと失礼するよ」

綿貫は木下に一礼すると、坂戸の斜め前に立って顔を見下ろした。

「それは、何時頃のことだったんだ？」

「ええと、二時半頃だったな」

綿貫の合図を受けて、京子がポケットから出した写真を提示する。

「その女というのは、この写真の彼女ですか？」

写真を凝視《ぎようし》する坂戸の様子に、木下は黙って目を光らせた。取調室に置かれた容疑者は、様々な理由で嘘をつく。その中で、最も大きな理由はふたつ。その一は、自分を守るためで、その二は、捜査官を喜ばせるためだ。

「どうだろうな。バイクを運転してたのは、この女なのかい？」

反対に問い返す坂戸を、京子がきっと睨みつける。

坂戸は首をすくめ、真面目くさった顔でもう一度写真を見つめた。

「――遠かったんで、よくわからねえな。だいいち、女はヘルメットをかぶってたんだ」

「だけど、それなら、男だった可能性もあるのでは？　女だったと、ちゃんと断言できる？」

「ああ、それは断言できるさ。遠目にだって、男と女じゃ体つきが違うし、動きだって違うだろ」

「どんな格好をしてたの？」

「バイクスーツさ」

「身長や体つきは？」

「背丈は、一六〇ぐらいかな。あんたよりはずっと小さかったけれど、小柄な女ってわけじゃねえ。それぐらいの背丈さ。痩《や》せ形で、グラマーってわけじゃねえが、出てるとこは出てたぜ」

「ちょっと待って。坂戸さん、あなた、裏山から屋敷の様子を窺っていて、バイクに気づいたのね？」

「ああ、そうだよ」

「だけれど、裏山からじゃ、屋敷の表の駐車場は見えないんじゃない？」

「そこじゃねえよ。バイクは、屋敷の横に停めてたんだ。だから裏山からは見えたが、反対に、表からは見えなかったんじゃねえか」

京子と綿貫が目を見交わし、木下はこれが殺人事件の捜査に於いて、何か重要な情報であることを知った。

「あなたが見たのは、それだけかしら？　ほかには何か見ていないですか？」

「それだけだよ。人がいるうちは、俺たちの仕事にゃならないからな。少しして、引き揚げたのさ。だけれど、日暮れ頃にもう一度様子を窺いに行ったら、まだ裏側の窓が開いてるじゃねえか。こりゃあ、閉め忘れたなってわかったんだ。真っ暗になっても、電気もつかねえし、人の気配がまったくねえ。バイクもなくなってたから、八時頃まで待った挙句、思い切って忍び込んだのさ。待ちすぎて、出かけてる人間が帰ってきちまったら、せっかくのチャンスがおじゃんだろ」

「床に男が倒れているのに気づいて驚いたと言ったけれど、女のほうの死体には気づかなかったの？」

「ああ、気づかなかった。テレビで見たぜ。二階の廊下で死んでたんだろ。一階からじゃ、見えなかったよ」

坂戸はそう話しながら、顔の向きを木下のほうへと変えてきた。

「なあ、旦那。テーブルにあったのは、どう考えても手切れ金だね。男が別れ話を持ち出して、喧嘩になっちまった。そうなんだろ？」

「調子に乗って余計なことを言わんでいい。訊かれたことにだけ、しっかりと答えるんだ」

「ああ、わかったよ……」

木下が叱《しか》りつけると、坂戸は不服そうではあったが、案外と素直にうなずいた。

「最後にもうひとつ、聞かせて。盗んだのは、お金だけじゃないでしょ」

「ああ、その隣りにジッポのライターがあったんで、それも貰ったよ。あと、テーブルにあったネクタイと、そこについてたネクタイピンもな」

京子が首をひねる。

あわててメモ帳をめくったのち、じっと坂戸の顔を凝視して訊いた。

「ちょっと待って。テーブルにあったのは、ネクタイだけじゃないの？」

「いいや、タイピンもついてたぜ」

「間違いない？　ほかの家と、勘違いしたりしてないかしら。ほんとにネクタイには、ネクタイピンがついてたのね」

「ああ、ついてたよ。しつけえな。真珠つきのいかしたやつだった」

「それは、まだあなたの手元にあるの？」

京子が訊くと、坂戸は悔しそうに顔をゆがめた。

「もちろん、あるさ。今の俺は、三百万が手に入らなかったことよりも、せっかくコツコツと集めたコレクションを没収されることのほうが、ほんとに残念でならねえよ」

7

「お疲れじゃないですか？」

遠慮がちに声をかけられ、留理はヘッドレストから頭部をもたげた。窓外の景色から車内へと視線を移すと、バックミラー越しにちらちらと様子を窺う中嶋耕助の視線と出くわした。

中嶋は、そうして留理と目が合うと、まるで悪事が見つかった子供のようにあわてて前方に顔を戻した。誠実で、馬鹿がつくぐらいに生真面目な男だった。

今日はみずから運転するのはやめて、そんな男の運転で午後の店舗巡りをしたくなったのだった。やはりそれは、小久保竜介とのやりとりが棘《とげ》のように胸に引っ掛かり、きりきりと神経を痛めていたためにちがいない。あんな男に屈服したつもりはないし、これから先も決して屈するつもりなどなかったが、あのやりとりを思い出すと、大方は相手の思い通りに自分が手玉に取られたような気がしてならなかった。

「すみません、お休みでしたか。お嬢様？」

遠慮がちに尋ねる声がして、留理はバックミラー越しにでもはっきりと見えるようにと大きく首を振った。

「いいえ、いいのよ。ちょっとぼんやりしてただけ。中嶋さんは、うちに来てくれてから、何年かしら？」

「もう、二十年を超えました。最初、お嬢様は中学生でしたね」

留理は、思わず笑みを漏らした。この男の気遣いが、嬉しかった。まだ父に前の妻がいた時分、父は何度かこの男の運転で、母と留理が暮らす家へと現れた。最初にこの男と会ったのは、留理が小学校の低学年ぐらいの時だったように思うが、本当はただ覚えていないだけで、もっと幼い頃にも会っているのかもしれない。だが、今、中嶋は、留理が屋敷で暮らすようになった時点のことを言ったのだ。

「お嬢様というのは、やめてちょうだいよ。もう、私をいくつだと思ってるの？」

軽口をたたいたつもりだったが、中嶋がハンドルを握る背中を固くしたのがわかった。

「――すみませんでした。社長。つい、昔の癖が出まして……」

留理は、あわてて否定した。

「そんな意味じゃないの。謝らないで。ただ、そんなふうに呼ばれると、懐かしくて、なんだかちょっと感傷的な気分になっちゃうから」

留理は、我ながらこんなことを言い出す自分が不思議だった。しかも、話す途中から、鼻の奥がちょっとつんとしていた。

胸の中で訊いてみる。私は、泣きたいのかしら。

間違いない。不安なのだ。あの花房京子という刑事によって、完全犯罪のベールを、一枚ずつ剝《は》がされているような気がする。完全と思っていたもののほころびを指摘され、そのほころびに指先を入れられて、じわじわと押し広げられているような気がしてならない。

小久保竜介が宣言した通り、資産管理会社絡みの株の件を警察にぶちまけたら、どうなるだろう。警察は——いや、花房京子は、妹には兄を殺害する動機があることを知る。このままじわじわと追い詰められ、破局へと転がり落ちていくだけなのか……。

いや、そんなことには決してならない。犯罪が行われた時刻、私は西東京本店の店長室で、仕事をしていたことになっている。いくら京子が推理を進めたところで、それはどこまで行ってもただの憶測にすぎず、犯行時刻にあの屋敷にいた事実を証明できやしないのだ。

胸の揺れを抑えられないままで、何度も同じ自問を繰り返すうちに、留理は心の奥底から、さらに別の思いが浮かんでくるのを感じた。それはあぶり出しの絵のようにじわじわと輪郭《りんかく》を取り、そして、今やひとつの単純な疑問へと凝固しようとしていた。

——私は、こんなことなどすべきではなかったのではないか。

――私は、兄たちを殺すべきではなかったのではないのか。

それはある意味、根源的な問いに思えた。

だが、いったいほかに、どんな手があったというのだろう。あのまま黙ってただ指をくわえていれば、自分は《沢渡家具》から追い出されていた。父から受け継ぎ、自分が手塩にかけた会社を失うところだったのだ。それだけじゃない。兄は、会社を《小久保グループ》へと売却し、小久保の次女の娘婿として、名前だけが残った《沢渡家具》の社長に居残るつもりでいた。そんなことなど、受け入れられるわけがない。ああするより仕方がなかった。私は正しいことをしたのだ。

「お嬢様、私……、実は……、ひとつ申し上げねばならないことがあるんです――」

運転席から再び遠慮がちな声がして、留理はふっと我に返った。際限なく繰り返される物思いから解き放たれたことに、秘かにほっとする。

今やはっきりと気づいていた。午後の店舗視察を、この中嶋耕助の運転で行うことにしたのは、ただ気分転換を図りたかったためじゃない。今の自分が、この中嶋のような誠実な男とすごす時間を必要としていたためだ。

思い返せば、午後の視察を自身の車で行うようになったのも、中嶋の車を私用で使い、中嶋を自分のプライベート運転手のように扱う兄への抗議の気持ちからなのだ。社長でもない兄が会社の車を私用で使う間に、社長の自分はみずから運転して各店舗を視察して回る。そんな姿を、兄にも、ほかの重役や社員たちにも見せつけたかった。

だが、そんな種類の気負いが、どこかでみずからを窮屈にしていたのかもしれない。これからは、中嶋に運転をして貰って店舗を回ろう。移動の合間には、中嶋と世間話のひとつもして、リラックスする時間を持てるようにしよう。こういう誠実な男と話す時間が、私には何よりも必要だ。

「何かしら?」

留理が問い返すと、中嶋はまた長いことためらってから、赤信号で停まったのをきっかけに口を開いた。

「実は、昨日、刑事が私のところに来たんです。花房さんという、女性の刑事でした」

留理は驚きを嚙み殺した。しつこい刑事だとはわかっていたが、昨日の時点で、運転手の中嶋にまで話を訊いていたというのは、どういうわけだ。何が狙いだったのか。

「ああ、私も彼女とは話しました。お屋敷の事件を担当している刑事さんで、なかなか熱心な方ね。何時頃、来たの?」

「午後の早い時間でした」

「それで、中嶋さんに、何を訊いたんですか?」

「福田さんをお屋敷に送った時のことや、その前日、要次坊ちゃんにお供した時のことなどです」

中嶋は、今度は比較的すらすらと答えた。留理に訊かれたら、こう答えると、予め決めていた答え方らしい。

「そうか、福田さんを送ったのは、あなただったのね」

「はい、仕方なく、時々――」

責められていると感じたのか、幾分すまなそうな口調になった。

「どうせ兄が無理を言ったんでしょ。中嶋さんのせいじゃないわ。これからは、車の運転で、私のことを助けてちょうだい」

「でも、お嬢様は、みずから――」

「兄にあなたを取られちゃったんで、仕方なく自分の車で回ってたのよ。よろしくお願い」

留理は、思い切り笑顔を浮かべて見せた。

「もちろんです。喜んでお供します」

「それで、花房さんに訊かれて、どんなことを答えたの？」

「車内で、福田さんとどんな会話をしたか、みたいに訊かれました。でも、我々のような仕事の人間は、車内でした会話については、外部の方に話しませんので、あまり大した答えは……」

「いいえ、警察の捜査なんだもの、協力するのは大切なことよ。何を答えたのかしら？」

留理は中嶋の生真面目な喋り方に少し焦れ始めていたが、それを表に出さないように努力した。

「はい、屋敷に到着した時間を訊かれて、三時頃だったと答えたのと、あとは、予約していた美容師が急にお休みで、無駄足になってしまったと愚痴られたことと、あとは、そうですね、要次さんの婚約話を知っているか、なんて訊かれたものですから、そのことを――」

「福田さんがあなたに、そう訊いたのね？」

「はい」

「それで、それについては、何と答えたのかしら？」

「噂には聞いてたんですが、詳しくは知らないと」

「そうか。そうよね。で、それで話は終わったの？　福田さん、もっと何か言ってた？」

信号が青になり、中嶋は車をスタートさせた。

揺れがほとんどないスムーズな運転で車を進めつつ口を開くまで、何かを考えているような間をあけた。それとも、答えるのをためらっているのか。

「——ええ、まだもう少し続きが。『私とだけは別れられないのよ』と、そんなふうに仰いまして」

——私とだけは別れられない、い、い、い、い、い。

留理はその言葉を胸の中で反復し、唾棄《だき》したい気分になった。くそ、福田麻衣子は、あの件を自分が知っているとほのめかしたのだ。あの件を知っているからこそ、兄は自分とは別れられない。この先もずっと同じ穴の狢《むじな》なのだと。こんなほのめかしを、あちこちでやっていたのだろうか。

「彼女が言っていたのは、それだけかしら——？」

「はい、それだけです。間違いありません」

中嶋は、バックミラー越しにちらちらと留理を盗み見た。

「お嬢様、私……、そのことを、女の刑事さんにも伝えてしまったんですが……。まずかったでしょうか——？」

「どうして。そんなことはないわ。なぜそう思ったの？」

「——なんとなくです。刑事さんが、その話に興味を持ったような気がしたものですから」

留理は作り笑いを浮かべた。

「あなたが何かを気に病むことはないわ。私が思うに、これはただの想像だけれど、福田さんは兄が決して自分を捨てないはずだと思っていたのに、兄から別れ話を持ち出されて、かっとなったんじゃないかしら。それで、盛大な痴話喧嘩《ちわげんか》になってしまった。花房さんも、そんなふうに想像したからこそ、興味を持ったんでしょ、きっと」

「――なるほど。そうですね。きっとそうにちがいないです」

中嶋の声は、急に明るさを増した。

「それならば、よかった」

「なぜよかったの――？」

「すみません。何も要次坊ちゃんが、痴話喧嘩で亡くなったことを喜んでるわけじゃないんです。ただ……」

「ただ、何です？」

「あの刑事さんが、なんとなく、お嬢様を疑ってるような気がしたものですから」

「私を……。どうして、そんな気がしたの――？　あの刑事から、何か言われたのかしら？」

「いいえ、そういうわけじゃないんです。ただ、なんとなく、そんな気がして……」

店舗が段々と近づいていた。今日最初に訪ねるのは川崎支店で、ここは産業道路沿いに五千坪の土地を持つ大型店だ。二つ先の信号の手前に、店の駐車場への入口がある。

留理は、中嶋を安心させておくことにした。

「実を言えば、私も同じようなことを感じていたわ。いえ、ほんとを言えば昨日、彼女とちょっとした言い争いになってしまったのよ。だって、兄を亡くしたというのに、その妹である私を疑うなんて、どうかしてるでしょ？」

「はい、仰る通りです」

「だから、私もつい我慢がしきれなくなっちゃって。怒ってしまったの。だけれど、大丈夫。警察にだって、きちんとした考え方をする人がいるはずだもの」

「はい、そうですね。私もそう思います」

中嶋のような男と話していると、安心する。手放しで自分を信用してくれて、温かな愛情をそそいでくれる相手なのだ。

「お嬢様のような方が、人殺しをするわけがありません」

中嶋がそうつけ足すのを聞き、留理は胸が締めつけられるような気分になった。もしも私が逮捕され、欺《あざむ》かれていたことに気づいたら、この男はどんな顔をするだろう。

中嶋はたっぷりと余裕を持ってウインカーを出し、駐車場の入口で停止した。少しだけ鼻づらを曲げた状態で、歩道を行く自転車と歩行者ふたりが通るのを待ち、ゆっくりと駐車場へと車を入れる。

その時、フロントガラスの先に、段々と見慣れたものになりつつあるのっぽの女の姿が見えた。京子だった。

花房京子は、駐車場を横切って、店舗の正面入口に向かおうとしていた。

「どうしましょう……。いったい、ここに何の用なんでしょう?」

運転席の中嶋も京子の姿に気づき、声を潜《ひそ》めるようにして訊いてきた。

「私を訪ねてきたのよ。ほかにはないでしょ」

「そうしたら……」

「いいのよ。あの刑事さんの傍で、車を停めて」

いつもの負けん気が頭をもたげ、留理はそう中嶋に告げた。

8

「刑事さん、ここで何をしてるんですか?」

徐行する車の後部ウインドウを開けて声をかけると、京子ははっとして振り返り、あの人懐っこい笑顔を浮かべた。

「ああ、沢渡さん。お会いできてよかったです。秘書の方から、こちらに向かわれたと聞いたものですから。私のほうが、ちょっと先に着いちゃったみたいですね」

この笑顔は、なぜこんなに人懐っこいのだろう。留理は、そう訝《いぶか》らざるを得なかった。この刑事は、私のことを疑っている。つい昨日、そのことを巡って、言い争いをしたばかりだというのに。だけど、この笑顔は、どう見ても自然に感じられる。完璧に演技をしているのならば気持ち悪いし、私を犯人だと確信した上で、なおかつこんなふうに微笑みかけているのだとしたら、それもまた気色が悪い。刑事というのはみんな、こういう人間なのだろうか。

「私に用なんですね。わかりました」

留理はそう応じながら、中嶋が完全に停止させた車の後部ドアを開けて、京子のすぐ隣りへと降り立った。業務用のゆったりとした、どこにも角のない笑顔を浮かべた。

「それでしたら、入ってすぐにカフェがあるので、そこで話しませんか。私、ちょうど喉が渇いてたところだし、カフェの様子とか、見ておきたいので。よかったら、つきあってください」

「そう言っていただけると、ありがたいです。それじゃあ、長い時間は取らせませんので、よろしくお願いします」

留理が車に屈《かが》み込み、業務用の駐車場で待っていて欲しいと告げると、京子も運転席の中嶋に会釈した。

「昨日は、ありがとうございました」

中嶋は、しゃちこ張った態度で頭を下げ、徐行でその場を離れて行った。

「さあ、どうぞ。こっちです」

留理は、京子を店舗にいざなった。自動ドアを抜け、中へと入る。そこは広くゆったりとしたロビーで、向かって右側にはインフォメーションカウンターがあり、左から奥にかけては、ロビーを取り囲むようにしてカフェのスペースが設《しつら》えられていた。右奥にはエレベーターと階段、そして、一階の家具展示は、さらにその奥となっている。

「素敵なカフェですね。なんだか、家具屋さんではないみたいです」

京子は、辺りをきょろきょろして、率直で単純な感想を口にした。

「私のアイデアで、こうしたんです。空間デザイナーも、私が自分自身で選んで依頼しました」

留理はそう説明し、話しやすそうなテーブルを選んで進んだ。午後の中途半端《はんぱ》な時間で、出歩く人間が少ない時間帯ではあるが、カフェのテーブルにかなり空きが多いことがちょっと気になる。

「どうぞ、好きなものを選んでください」

テーブルに坐ると、メニュー立てからメニューを抜き取り、それを京子へと差し出した。シンプルでシックな物がいいと思って作らせた、大学ノートぐらいの大きさの縦長のメニューには、留理自身が検討して選んだ飲み物と軽食が並んでいる。

「何がお勧めなんですか？」

京子は、メニューを熱心に眺め回した。

「私はカフェラテが好きですけれど。コーヒーも紅茶も、いくつか種類をそろえてます」

「それじゃ、私、カフェラテを」

留理はウエイトレスに軽く手を挙げ、カフェラテをふたつ注文した。水を置き、注文を控えたウエイトレスが去ると、早速足を組み、上半身を少しテーブルの上へと乗り出した。戦闘態勢だ。

「それで、今日は何をお訊きになりたいのですか？」

「はい、お訊きしたいこともあるんですが、その前に御報告があります。八王子のお屋敷に入った空き巣狙いが、逮捕されました。前科が五つある男でした」

「まあ、ほんと。それはよかったわ。それで、その犯人は、何と？」

「テーブルに、三百万の現金があったと証言しました」

「それじゃ、やはり兄は手切れ金を福田さんに渡そうとしてたんですね。それで、痴話喧嘩になってしまった」

「その可能性もあります」

「——なぜそんな言い方をするんですか？」

「そのように偽装された可能性もあるからです」

「花房さん、いい加減にしてくれませんか！　あなたがそう考える根拠は、いったい何なの？」

留理は声を荒らげてしまったことを後悔し、あわてて口を閉じた。ウエイトレスが、カフェラテを持って現れたところだった。

ふたつのカップをそれぞれの前に置く仕草が、マナー読本の見本のようだった。いつも、そうするようにとうるさく言っているためだろうが、今はそれがやけにまどろっこしく思える。

最後に伝票を置いて深々と頭を下げたウエイトレスに、留理は思わずぴしゃりと言葉を浴びせかけた。

「私のお客様なのよ。それは、要《い》りません」

ウエイトレスは、まだ二十歳そこそこぐらいに見える娘だった。電流にでも触れたように体を強張《こわば》らせると、真っ赤になって頭を下げた。

留理は、自分のこういうところが嫌だった。どうして時折、癇癪《かんしやく》を爆発させてしまうのだろう。

「ごめんなさい、最近、色々あったものだから。私だってお客なんだものね、伝票を受け取るのは、当然でした。ありがとう。それに、立派な応対です」

もう一度頭を下げ、逃げるようにして去るウエイトレスの背中を見送ってから、留理は京子にカフェラテを勧めた。

「さあどうぞ、召し上がってみてください」

「いただきます」

京子はカップを口に運び、美味《おい》しいです、と型通りに聞こえる言葉を口にした。

留理も口に運び、カップをテーブルに戻して口を開こうとすると、京子はもう一度カップを持ってカフェラテを飲んでいた。目を細め、鼻孔を少し膨《ふく》らませ、小さく左右に泳がせるように首を振る。

「ほんとに美味しいです。私、実はコーヒーが苦手なんです。これぐらいの甘さが、ぴったり」

「そう言って貰えると、嬉しいわ。私は苦いコーヒーも好きですけれど」

「それは羨《うらや》ましいです。職場でも、馬鹿にされるのが嫌でコーヒーを飲むんですけれど、ほんとはなぜあんなに苦いものをみんな好きなのか、全然わかりません」

留理は軽く微笑み、先を促そうとしたが、ふと気まぐれで違うことを言った。

「この間、私がお出ししたコーヒーも、ちょっと苦手そうに飲んでましたね」

女刑事は、微笑み返した。

「あ、ばれてましたか。私、コーヒーってなると、たくさん砂糖を入れちゃうんです」

「じゃあ、ビールもだめなの?」

「いえ、ビールはいいんです。結構いける口なんですよ。アルコールなら、なんでも大丈夫。でも、コーヒーとか、苦いチョコとかは、ちょっと」

留理は微笑み返し、少し悲しい気持ちになった。違う状況で会ったならば、友人になれたにちがいない。そうならなかったのは、私が人を殺したからだ……。

足を組み直し、笑顔を消した。

「それで——、続きを聞かせてくださる? 手切れ金と思われる現金が見つかったのに、どうしてまだ偽装を疑うのかしら?」

「目撃者が出ました」

「——目撃者？　何のこと？」

「犯行時刻と思われる時間に、女がバイクでやって来て屋敷に入るのを、その空き巣狙いの男が目撃してたんです」

留理は、心臓を小槌で叩かれたような衝撃を覚えた。この女刑事への憎しみがわく。ちょっと前に、気を許したような話を振ったのも、私を油断させるためだったにちがいない。

「わからないわ……。どういうことかしら——？　だって、あなたは前に、空き巣狙いが屋敷に忍び込んだのは、夜になってからだと言わなかった？　だけれど、あなたの説では、兄と福田さんが殺害されたのは昼間のうちなんでしょ。言ってる意味がわからないけれど……」

口数が増えていることに気づき、留理は自戒した。これでは、狼狽《うろた》えているように見えるだけだ。

「その空き巣狙いは、午後の早い時間に、裏山からあの屋敷の様子を窺っていたんです。普段、ほとんど留守宅になっていることは、何度も下見をして知っていたそうです。それで、空き巣に入るタイミングを窺っていたと言ってました。生前、お母様が使っていらした部屋の窓が開きっぱなしになっていることに気づいたのも、この時だそうです」

「ほんとの話かしら？」

「嘘をつく理由がありません」

「だって、裏山から」

留理は、あわてて言葉を飲み込んだ。バイクの停まっていた場所まではずいぶん遠い、と危うく言いかけるところだった。

「だって、何ですか?」

京子が、よく動く大きな目を向けてくる。

「裏山から表の駐車場が見えるわけないもの。その男、でたらめを言っているのよ、花房さん」

「いいえ、バイクが停まっていたのは、屋敷の横だそうです。客間の奥ぐらいで、手前には物置があって、表からは死角になった場所です」

「どうしてそんな場所に?」問いかけたのち、留理はみずから答えを口にした。「ああ、福田さんがやって来た時に、そのバイクが見つからないように、でしょ。それが、あなたの説なのね?」

「そうです」

「それで、その女の人相は?」

「いいえ、残念ながら、それはわかりません。遠目でしたし、女はヘルメットをかぶっていたそうなので」

「それじゃあ、女かどうかもわからないでしょ」

「それは体つきから、断言できるそうです。それに、大型のバイクだったと証言しました」

留理は次の質問を予期しつつ、カフェラテのカップを口に運んだ。

同じように一口すすった京子が、カップを戻して口を開く。

「ところで、事件があった日、留理さん」と言いかけ、あわてて訂正した。「いえ、失礼しました。沢渡さんは、西東京本店の店舗まで、車で行かれなかったそうですね？」

「留理さんでいいわ。名前で呼んでくれて結構よ。私も、京子さんと呼んでいい？」

「ええ、そうしてください。学生時代は、お京とか呼ばれてました」

「やくざ映画みたいね。そしたら、お京さん、なぜ私が車で出勤しなかったと？」

「長谷川さんから、お聞きしました。同じショッピングエリア内の大型スーパーへ、お昼御飯のお弁当を買いに行くのに、社員用の駐車場を横切るんだそうです。いつも留理さんが車を駐《と》める場所に、その日は車がなかったと仰ってました。どうやって行かれたんですか？」

留理は、用心した。この訊き方からすると、相手はすでに自分が五〇〇ccのバイクを所有していることを調べているにちがいない。

「電車です。たまには、気分転換をしたくなったの。と、言うか、実は仕事が忙しくて、前の夜、ほとんど眠れなかったので、運転は危ないと思ったんです。自宅のマンションから八王子は下りですいているので、車内で眠れて助かりました」

「電車には、Suicaで？」

「いいえ、切符を買いました。寝不足でぼうっとしてたのね、Suicaが見つからなかったの」

「なるほど。わかりました。ところで、留理さんは、五〇〇ccのバイクをお持ちですね」

「ええ、持ってますよ。二十代の頃は、よく仲間たちとツーリングに行きましたし、今でも、時々、気分転換に走ったりしてます」

「その日、バイクはどちらに？」

「土曜日よね。――ああ、思い出しました。金曜の夜からずっと、墨田区の店舗の駐車場です」

「どうしてまた？」

「それこそ、さっき言った気分転換のために、バイクで向かったんです。でも、夕御飯の時に、どうしても我慢できなくてビールを飲んでしまったものですから。バイクはそのまま残してタクシーで帰りました」

本当は、こういった質問が繰り出された時のために用意していた答えだった。自宅のマンションは、駐車場の出入口に防犯カメラが取りつけられている。犯行の当日、自宅からバイクで走り出せば、そのカメラに映ってしまう。しかし、墨田支店の駐車場には防犯カメラがなかった。

「どこのタクシー会社か、覚えておいでですか？」

「ええと、ごめんなさい。わからないわ」

「それで、いつまでその駐車場にバイクを？」

「土曜の夜には、取りに行きました。七時半頃だったかしら」

「その時、どなたか店舗の方とお会いになりましたか？」

「いいえ、ただバイクを取りに行っただけでしたし、急に私が現れたら、かえって気を遣わせて迷惑だとも思いましたので」

「駐めたのは、業務用の駐車場ですか？」

「いいえ、一般の駐車場でした」

「なぜ？　いつも業務用に駐めるのでは？」

「そうとは限りません。特にバイクの場合は」

「駐車場のどの辺りに駐めたのでしょうか？」

「真ん中よりもちょっと右ぐらいかしら。あんまり細かくは覚えてないですけれど。さあ、質問がそれだけなら、そろそろいいですか？　京子さん、あなたはそのバイクの女が私だと思っているようですけれど、昨日の話はどうなったの？　私には、兄と福田さんのふたりを殺害する動機がないでしょ？」

京子は、留理を見つめて来た。

「お兄さんを殺害せざるをえなかった動機については、わかりました。《さくら企画》の社債を、お兄さんが償還することを求めたんですね」

留理は奥歯を噛みしめた。小久保竜介への怒りが、ふつふつと沸いてくる。やはり、あの男が警察に暴露したのだ。

「《さくら企画》がいったい、どうしたっていうの？　あれは、父が私たち家族のために創ってくれた資産管理会社よ」

「承知してます。そして、お兄さん名義の大量の株が、現在、《さくら企画》に譲渡されている。それと引き換えに、お兄さんは、《さくら企画》の社債を持ち、毎年、その利息として多額のお金を得ていた」

「その通りよ。もうお調べかもしれないけれど、毎年、およそ三千万です。それだけの金額が、いわばお小遣いとして、兄のポケットに入ってました。ちなみに、私は、一千万にも満たない額です」

「それだけの差が出たのは、先代の玄一郎さんが、あなたに社長の座をお譲りになる時に、お兄さん名義の株を増やしたからだとも伺いました」

「ええ、そう。もっと率直に言えば、兄にはお小遣いを、妹の私には社長の座を与えた、ということです」

「しかし、お兄さんは、その《さくら企画》に譲渡した株を取り戻そうとしていた。国によって違うようですが、日本では、社債に期限が設けられている。お兄さんが持つ《さくら企画》の社債は五年債で、年末にはその償還期限が来る。その時、お兄さんが社債の償還を求めたら、実際の財産は何も持たない《さくら企画》は、お兄さん名義の株で代物返済しなければならない」

「よくお調べになったわね。でも、それはあくまでも理論上のことで、父が《さくら企画》を創設した意図とは違うわ。償還期限が来ても、社債はそのまま自動延長されます。現に、前回もそうでした」

「仰る通りです。ですが、お兄さんはそれをしようとしていた。自動延長といった取り決めが、もしも法律的に厳密なものではなかった場合、お兄さんが社債の償還を求めれば、

《さくら企画》は受け入れなければならない。たとえ裁判になっても、おそらくは社債の保有者であるお兄さんの意思が尊重される。そうなれば、お兄さんが《沢渡家具》の最大株主となり、そして、あなたは社長の座から追い落とされてしまう。それが、今回の犯罪の動機です」

「いいえ、またあなたは推測だけでものを言ってる。兄が社債の償還を求めていたという証拠があるの?」

「今はまだ、ありません」

「それならば、証拠をそろえてから言ってちょうだい。ただし、この先は、弁護士を同席させることにします。京子さん、あなたは聡明《そうめい》だし、友達になれそうな雰囲気もある人なんだけれど、残念だわ。なぜそうした決めつけで、人を見るのかしら」

「——目の前の事実を客観的につないだら、おのずと結論が見えてくるということです」

京子の口調が悲し気だったので、留理は思わずその顔を見つめた。まさか、この刑事は自分に同情しているのか……。

留理は怒りで席を立ちかけ、思いとどまった。言うべきことだけは、言っておかなければならない。

「あなたが犯行時刻だとする時間、私は西東京本店の店長室で、仮眠を取ったり企画を練ったりしてた。そう申したはずよ。そして、副店長の長谷川も証言したはずです」

「確かに。ですが、一時間半ほどの間ずっと、店長室にいたとは限らない。裏の窓を開けて壁を伝えば、非常階段から下へ降りられます。あるいは、どこかに梯子《はしご》を隠していたのかもしれない」

「また想像ね」

「はい、想像です。しかし、犯罪には必ず証拠が残ります。それを必ず、見つけ出してみせます」

「勇ましいことだけれど、その前に、もうひとつあるわよ。あなたはまだ、私が兄と福田さんのふたりを殺害した動機を説明してはいないわ。百歩譲って、あなたの言ったことが、兄を殺害する動機になるとしても、福田麻衣子を殺害する動機にはならない。あなたが言った通りだとすれば、兄だけを取り除けばよかったはずよ。残った福田さんが、たとえいくら騒ぎ立てようとも、《さくら企画》に譲渡された株を手に入れることはできないもの。私には、彼女を殺害する動機がありません。なぜなら、私は犯人ではないからよ」

京子は、いかにも弱ったという様子で、小さく左右に首を振った。

「――仰る通りです。なぜ福田麻衣子さんが殺害されたのか、私にはまだわかりません」

留理は、伝票をつまんで席を立った。

「あ、カフェラテのお代は、自分で」

「いいのよ。仕事で視察に来たんだもの。会社につけます。カフェラテ一杯ぐらいのことで、上司に怒られたりしないでしょ」

京子は微笑み、頭を下げた。

「それじゃあ、お言葉に甘えます」

出口へと向かう刑事の後ろ姿から目をそらし、自分は奥へと歩き出そうとした留理は、そこで気が変わり、京子のことを呼び止めた。

「ちょっと待って。《さくら企画》の話は、誰から聞いたの？」

京子は、顔を曇らせた。

「そういった情報は、お教えできないんです」

「とぼけなくても、いいのよ。出所は、わかっているもの。今朝、小久保竜介が私を訪ねて来たわ。そして、《さくら企画》の話を警察にされたくなければ、《沢渡家具》の店舗の一部を《小久保グループ》に売却するようにと言われた」

「――要次さんは、小久保さんの次女である祐子さんと結婚したら、そうするつもりだったんですね？」

「さあ、私は知らない。そんなことを話して、いよいよ私には殺人の動機があるなんて誤解されたら、つまらないもの」

「――――」

「でも、私は負けはしない。京子さん、あなたに、殺人の立証は不可能よ。だって、私はやってないもの。それに、小久保なんていうヒヒ爺《じじい》に、父が手塩にかけて育てた店を渡すつもりもないわ。私が必ず《沢渡家具》を守り切って見せる」

「小久保氏は、自分の言う通りにしなかったならば、《さくら企画》の件を警察に話すと言ったんですね？」

「――だから、そう言ってるでしょ」

「だけれど、あなたはそれを撥《は》ねつけた？」

「撥ねつけたわ。当然じゃないの。脅しをかけてくるような連中は、今までもたくさんいた。商売を続ける上で、そんな連中に一々屈しているわけにはいかないの。それに、あの男は自分の娘の結婚を、東京進出の足掛かりとして利用していたのよ」

「でも、そうしたらお兄さんは、祐子さんが《小久保グループ》の次女だから、彼女と結婚したがっていたと？」

「ええ、そうよ。昔から兄を知ってるから、私にはわかる。それに、兄は店の行く末に、明るい展望を持っていなかった。沈みかけた船から逃げ出して、自分だけが助かろうとするような人よ。ごめんなさい、引き止めちゃったわね。私の話は終わりです」

京子は顎を引き、何かを堪《こら》えるような顔で頭を下げた。

「こちらこそ、お時間を取っていただいて、ありがとうございました」

背中を向けかけた留理は、今度は京子に呼び止められた。

「ちょっと待ってください。実は、違うんです。《さくら企画》の話を誰から聞いたのかは言えませんが、それは、小久保竜介氏ではありません」

留理は、目を泳がせた。素早く頭を巡らせていた。私は、自分から余計なことを言ってしまったのか。いや、口を滑《すべ》らせたことに変わりはないが、それで今の情勢が変わるような過ちではないはずだ。

「――ほんと？」

「ええ、ほんとです」

京子は、ためらいなくうなずいた。

留理は、そんな刑事の顔をじっと見つめた。

「――どうしてそれを、私に話したの？」

今度は、しばらく考えた。

「たぶん、フェアーでいたいからです」

この女刑事には珍しく、話しながらもなおみずから答えを探るような、どこか煮え切らない口調だった。

「フェアー？　何に対して？」

「留理さん、あなたに対してです」

四章　証拠の死角

1

早朝の新幹線ホームは出張のサラリーマンたちで混雑していたが、空調の効いたグリーン車には、独特の静けさが漂っていた。ある階層以上の人間たちが、それぞれの大事な用事で移動する途中、しばしの安らぎを享受《きょうじゅ》している静けさだと、小久保は思う。

窓辺の席に陣取った小久保竜介は、日経新聞の気になる記事をいくつか拾い読みしながらコーヒーを飲んでいた。

しかし、ふと窓に顔を向けて、はっとした。背の高い女が、ホームを早足で移動していた。そうしながら、新幹線の窓の中をひとつずつ覗《のぞ》き込んでおり、小久保が顔を向けた瞬間、こっちを向いた彼女と目が合ってしまった。花房京子という名の刑事だった。

京子は小久保の姿を認めると、人懐《ひとなつ》っこい笑みを浮かべ、胸の前で小さく手を上げた。そのまま一旦《いったん》姿を消したが、すぐに通路の先の入口に現れた。

「よかった。間に合いました。ホテルを訪ねたら、一足違いでチェックアウトしたと教えられたものですから、あわてて飛んで来たんです」

通路を小走りで近づいてきて小久保の前に立つと、嬉しそうに言う。その笑顔はあけすけすぎて、小久保のような男にとっては、必ず何か魂胆《こんたん》があると思わせる類《たぐい》のものだった。

「私に、何の用ですか？」

小久保は、冷ややかな声を出した。どうも、この女が苦手だった。

「二、三、お訊《き》きしたいことがあったんです。隣り、よろしいでしょうか？」

「もうじきに列車が出ますぞ」

「そうですね。もちろん、その前には降りますから、ほんの少しだけお願いします」

小久保は仕方なく、隣りに置いておいた鞄を取り上げた。

「あ、それは私が」

腰を伸ばして棚に鞄を載《の》せようとすると、京子が言い、自分でひょいと載せてしまった。

背の高い女は、着替えやかなりの量の書類が入った重たい鞄を、軽々と持ち上げて棚に置いた。

「お嬢さんは?」

小久保の隣りに腰を下ろしながら、訊く。

「祐子ならば、勤め先の学校に出ましたよ。私はとめたんですが、生徒たちが待ってると言いましてね」

「それで、小久保さん御自身は、東京出張の御用事はすべて済まされた?」

「おかしなことを訊きますな。当然、それだから名古屋へ引き揚げるんです」

「我々警察に、何か御用があったのではないですか?」

「警察に――? いや、何のことでしょう?」

「昨日、沢渡留理さんと話しました。その時、彼女の口から、小久保さんが午前中に訪ねて見えたと伺《うかが》ったものですから」

小久保は、話の流れを見定めたくて、まだ何とも応じなかった。

「そして、彼女に対して、《さくら企画》の件を話されたそうですね」

「ええと、確かにそうだが。《さくら企画》の話を、あの女が自分からあなたにしたんですか?」

「いいえ、私が質問しました。捜査の過程で、《さくら企画》に譲渡された沢渡要次さん名義の株の存在に気づいたものですから。ただ、留理さんの口から、小久保さんがやはり《さくら企画》の件で、昨日、あの方を訪ねたと伺ったんです」

「ええ、まあ。訪ねましたけれど。それが何か？」

「その時、御自分の提案を受け入れなければ、《さくら企画》に譲渡された株の件を、警察に話すと仰ったそうですね」

小久保は唇を引き結び、思い切り不機嫌そうな顔をした。

だが、こうした表情を目にすれば、十人中十人が恐れをなすはずなのに、この能天気な女刑事は、ただ無遠慮に小久保を見ていた。

「だから、何なのだ⁉」

「それならば、なぜ警察に何も話さないまま、名古屋へお帰りになるのですか？」

「私がどうしようと、私の勝手だろうが」

「そうですが、どうしてなのかと思いまして」

「わざわざそんなことを訊くために、追いかけて来たのかね。か弱い女をいじめることに、ためらいを感じたのだよ。それに、何か告げ口をするようで嫌になったんだ。さあ、もうこれでいいだろ」

「本当は、もう少しの間、切り札を切らず、推移を見定めることにしただけとか？」

「——たとえそうだとしても、それがきみに何の関係があるんだ。経営者には経営者の考えがある。何をどう見定め、判断するかは、私の勝手だよ。さあ、降りてくれ。新幹線が、出てしまうぞ。一緒に名古屋まで行くつもりかね」

軽口で言ったのだと示すために微笑んで見せたが、京子はにこりともしなかった。

「まだ、発車時間までは少し間があります。もう少しだけ、お話を聞かせてください。お願いします」

「——きみも、しつこい女だね。あとひとつだけだぞ。いったい、何を訊きたいのだね？」

「沢渡要次さんは、お嬢さんの結婚相手として、いかがでしたか？」

「何を今さら。頼りない面もあったが、それなりに優しく、娘にはまずまずの男だった」

「しかし、誠実だったとは、仰らないんですね。なぜですか？」

「なぜって、きみ——」

「誠実ではないと、知っていたから。——違いますか？」

「——きみは、何を言いたいんだ？」

「過去の離婚からなかなか立ち直れないお嬢さんに、沢渡要次さんを引き合わせたのは、祐子さんの従兄だったそうですね。しかも、その従兄の方は、あなたに頼まれ、お嬢さんの趣味や男性の好みなどを、それとなく要次さんに教えていた」

「そんなことまで調べたのか。しかし、だから何だというのだね。何も我が社の東京進出のために、娘を利用したわけではないぞ。私はあくまでも、娘に辛い過去から立ち直って欲しかった。そのために、あれの従兄に頼み、要次君と引き合わせたんだ」

「わかっています。きっと、そういうことだったんでしょう。そして、小久保さん、お嬢さんの幸せに対して、そこまで慎重に考えていらしたあなたならば、例えば探偵事務所などを使って、要次さんのプライバシーを探らせたのではないですか？」

「――――」

小久保は一瞬答えに詰まり、どう答えるべきかを考えた。だが、そうして間を置いたことで、目の前の女に、すでに答えを見抜かれたのだと気がついた。

「確かにね……。娘の幸せのためだ。少しは調べさせて貰ったよ」

「そうしたら、要次さんと秘書の福田麻衣子さんとの関係は？」

「ああ、知っていたが、なぜそんなことを聞きたいんだ？」

「要次さんは、私とだけは別れられない。福田さんは、事件の日、ある人に向かって、そう言っていたそうなんです」

「あの、うぬぼれ女が……。確かにな、娘と結婚をするのならば、身辺を綺麗《きれい》にしろと忠告したことがあるのだが、それでもこっそりと続いていた節があるな」

「忠告したけれど、別れなかったんですか？」

「福田という女とも続いていたようさ。そもそも、別れたのならば、そのまま秘書に置いておくのはおかしいだろ。もう一度、ガツンと言う必要があるかと思っていたところだった」

「今、福田という女とも、と言いましたか？　つまり、ほかにも続いている女がいたと」

小久保は鼻の頭を掻《か》いた。

「まあ、いたようだね」

「どんな相手だったんです？」

「ホステスだよ。福田麻衣子にも内緒で、そのホステスとも時折、こっそりと会っていたようだ」

「どこの店のホステスさんですか？」

「銀座の《ランプ》という店のヨウ子という女だ。一度さり気なく注意したら、切れたと思ったんだがね。どうも、その後も連絡を取り合っていたようさ」

「どうしてそれを？」

「最近、娘と一緒の時、携帯に女から電話が来たらしい。たぶん、そのヨウ子という女さ」

「最近とは、いつです？」

「ええと、二週間ほど前と言ってたな」

「そんな男とお嬢さんを結婚させて、心配ではなかったんですか？」

「なあに、男なんて、結婚して少し経《た》てば、おのずと落ち着くもんさ。かえって、結婚前には少し遊んでいるぐらいのほうが、いい夫になるものだよ。ま、きみぐらいの歳の女性には、まだなかなかそうは思えんかもしれんがね」

京子は、表情を変えなかった。あの人懐っこい笑顔がないと、急に冷ややかで、そして、聡明《そうめい》そうな顔になる女だった。

「秘書の福田さんと別れられなかったのには、何か特別な理由があったとは考えられませんか？」

「特別な理由とは、何だね？」

「調査で、何かそれらしいことが見つからなかったでしょうか？」

「いいや、別に。さあ、もうこれぐらいでいいだろ。本当だよ。私だって人の親だぞ。もしも何か特別なことがあったとしたら、そんな男に娘を嫁がせるわけがなかろう」

「なるほど、そうですね。貴重なお時間をいただき、ありがとうございました」

まだ何かつきまとわれるかと思ったのだが、京子はあっさりと腰を上げた。丁寧だが、心が籠《こ》もっているとは思えない仕草で頭を下げ、足早に通路を遠ざかる。その態度が癪《しやく》に障《さわ》り、何か声をかけてやろうかと思ったが、適当な嫌味を思いつく前に姿を消してしまった。

2

「こりゃ、すごいな」

安アパートの押入れは、小物の収納庫と化していた。百円ショップで仕入れたと思われる引き出し式のケースが、大きさごとに綺麗に積み重ねられて並んでおり、その引き出しには、中身のタイトルとナンバリングが打たれていた。「指輪　1」とか「イヤリング12」といった具合だ。坂戸新次郎が興味を持って集めた小物の範囲は非常に広く、「万年筆」「ボールペン」「しおり」「薬瓶」、それに「ぐい飲み」や「箸置《はしお》き」などと書かれた引き出しもあった。

「これだけの情熱をそそぐとは、すごいものですね」

若手の刑事が言う。その口調には、どこか揶揄《やゆ》するような雰囲気が混じっていた。だが、捜査員として生きる歳月を重ねれば重ねるほど、何事についても、こうした口調で揶揄する度合いは減ることを木下は知っていた。ホシの坂戸には、他人の家に忍び込んでは、こうして小物を集めることでしか埋められなかった心の隙間《すきま》がある。なぜなのか、という疑問ときちんと向き合わない限り、刑事という仕事は続けられないのだ。

非常な情熱で小物の類を集めた坂戸本人は、今、別の刑事につき添われて、部屋の入口に立っていた。その意気消沈した様子は見るも無残で、坂戸という男にとっては、濡れ手に粟《あわ》でつかんだ三百万を失ったことよりも、コツコツと集めたこれらの小物を手放さなければならないことこそが、残念極まりない事態なのだと伝わってくる。

「なあ、坂戸よ。なんでこんなものを集めたかったんだ？」

木下忠夫は、坂戸に向き直って訊いた。

「知らねえよ。そんなこと……」

坂戸はぷいと横を向き、吐き捨てるように言った。いじけた様子は、逮捕された昨日よりも、今日のほうが増していた。今、この男は、自分こそが世界で最もツキから見放された、不幸な男だと思っている。そんな気持ちを引きずったままでまたもや刑務所へ入り、数年後、シャバへと戻ると、自分でもよくわからないままにまた同じ罪に手を染める。

そうした悪循環を断ち切ってやりたいのだが、今は何を言ったところで、聞く耳を持たないのはわかっていた。

「これだけの数の品を、どうやって管理していたんだね？」

木下は、揶揄する感じがほんのわずかにでも混じらないように気をつけつつ、そう質問の矛先《ほこさき》を変えた。

「ちゃんとノートにつけてるんだよ」

坂戸が、そっぽを向いたままで答える。

「そのノートは、どこだ？」

「知らないね。旦那が自分で探せばいいだろ」

「おい、坂戸。気持ちよく協力してくれよ。この部屋のどこかにあるんだろ。俺たちゃ、探しもののプロだぜ。それに、もう捕まっちまってるんだ。こんなところで、手間をかけさせてもしょうがねえだろ」

坂戸がそっぽを向いたまま、体を落ち着きなく揺すり出す。

若手刑事が苛立《いらだ》って口を開きそうな様子を察知し、木下は鋭く目で制した。待つべき時には、待つのが仕事だ。

「──テレビ台の引き出しだよ。そこに、大学ノートが入ってる」

坂戸がぼそっと漏らすのを聞くと、木下はみずからテレビ台へと歩いた。中腰になり、引き出しを開け、中にあったノートを取り出す。

表紙に、盗品を収めた引き出しケースのインデックスと同じ几帳面《きちょうめん》な字で、「所蔵品」と書かれているのが、木下にはうら寂しく感じられた。

ノートの各ページは、日付と場所、それに盗んだ品とその品番号の欄に分けられ、これまた驚くべき几帳面さで記録が取られていた。

最新のページを開けると、殺人事件のあった日付、八王子の屋敷の住所、それに「ライター（ジッポ）」「ネクタイ（エンジ色のストライプ）」「ネクタイピン（真珠つき）」と三つの盗品が記され、それぞれにナンバリングがされていた。

木下がその番号を読んで指示を出し、若い刑事が押入れからそれらの品を取り出す。

「金以外に盗んだのは、この三つだけか？」

念のために確かめると、坂戸は素直にうなずいた。

「ああ、そうだよ」

「金のリストはないのか？」

ふと思いついて訊くと、きょとんとしたが、それから楽し気に笑った。

「木下さん、金は使っちまえば、終わりだぜ。リストを作って、どうするんだい？」

「なるほど。その通りだな――」

木下は、一緒に部屋にいた同僚のひとりを呼ぶと、

「これだけ丁寧なリストがあると、逆に盗品の返還が大変だぜ」

と小声で言ってから、普通の声に戻って命令を告げた。

「おまえさんは、ここでリストと盗品の照合を行ってくれ。もうひとり残していく。わからないことがあったら、坂戸本人に確かめるんだ。坂戸、いいな、ちゃんと協力しろよ」

坂戸にそう言い置くと、若手刑事に顎《あご》をしゃくり、部屋の出口へと向かった。

「手筈《てはず》通り、八王子の屋敷の盗品を、被害者の妹である沢渡留理に返しに行くぞ。盗品の確認が、何か重大な意味を持つらしい。一課にも連絡だ。たぶん、のっぽのバンビちゃんが一緒に行くだろうよ」

3

教師の昼休みは、あわただしい。たとえ担任を持っていなくても、次の授業の準備が必要だし、定期の会議以外にも、個別で打ち合わせねばならない事柄もあり、そういった雑用で昼休みや放課後が埋まってしまうのが常だった。小久保祐子は、教職に就《つ》いて以来、食事をとるのが速くなった。手早くかき込んでしまって、残りの時間を仕事に充《あ》てなければ

ばならない。

しかし、ふと思い返してみると、そんな暮らしをあわただしいと思ったことこそあれ、嫌気が差したことはなかった。自分には、音楽を通して、大勢の生徒たちと関わる暮らしが向いているのかもしれない。いや、むしろ、そんな暮らしこそが必要だったのだといった感慨を、彼女は覚えていた。

父の強硬な反対を押し切って職場に復帰したのは、生徒たちに対して無責任なことはできないという思いももちろんあったが、ホテルの部屋でひとりふさぎ込んでいるよりも、学校で忙しく動き回っていたほうが、みずからが立ち直れると思ったためでもあった。

幸い、マスコミの人間で祐子に目をつけ、取材をかけてくる者は現れなかったし、たとえ現れたとしても、学校の敷地内に入ることはできないだろう。それに、同僚たちの中で祐子が婚約したことを知るものはほぼ皆無で、打ち明けているごく親しい同僚たちにも、その相手が《沢渡家具》の沢渡要次であることまでは言っていなかった。離婚の経験が、新しい第一歩を踏み出すことに対して彼女を臆病にし、婚約のことをまだ周囲に話さないようにしていたことが幸いしたのだ。

学校の受付にいる主事から、従姉《いとこ》が会いに来ていると取り次がれ、ほぼ弁当を食べ終えていた祐子は訝《いぶか》りつつ電話を替わった。

「忙しいところを、すみません。花房です。職場に押しかけてしまって申し訳ないんですが、ほんの四、五分で結構ですので、お話を聞かせていただけないでしょうか？」

花房京子の声が聞こえてきて、祐子は驚いた。

職場に押しかけられた不快感が、一瞬、頭をもたげたが、それは不思議とすぐに消え去った。この間、この女刑事と交わした会話がよみがえる。彼女が身にまとっていた雰囲気は、ある種の懐かしさを覚える類のものだった。近くに主事がいるためだろう、京子は必死で声を潜《ひそ》めるようにしていた。そんな態度にも、なぜだか好感が持てる。

「ばたばたしていまして、ほんとに数分しか時間が取れないんですが、いいですか？」

「もちろんです。ありがとうございます」

「そうしたら、音楽室においでください。昼休みは、誰もいませんので。主事に訊けばわかります」

京子は、礼の言葉を繰り返して電話を切った。

祐子は最後の一口二口をあわててかき込み、弁当箱の蓋《ふた》を閉めた。ハンカチで包み直して鞄に戻すと、「音楽室にいます」と隣席の同僚に声をかけて、腰を上げた。

「先日は、ありがとうございました」

京子は、丁寧に頭を下げ、

「大丈夫ですか？」

と、率直に問いかけてきた。

「大丈夫です。職場にいたほうが、かえって気持ちが紛《まぎ》れる気がします」

祐子はそう応えながら、授業で生徒たちが坐《すわ》る椅子《いす》のひとつを指し示した。

「こんな椅子しかないんです。よろしいですか？」

「もちろんです。自分が高校生に戻ったみたいで、懐かしいです。私、あの頃からのっぽで、クラスの大半の男の子たちよりも大きかったんです。椅子に坐る時、できるだけ自分が小さく見えるようにと、うずくまってたものでした」

祐子は、くっくと笑った。それは、普段の自分にはない反応だった。大丈夫、私はじきに立ち直れる。

「――今まで、婚約者を亡くした人と、何人ぐらい会ったんでしょうか？」

唐突にそんな質問が口をついて出たことに、祐子自身が驚いた。

京子は、きょとんとした様子で、祐子の顔を見つめ返した。

「ごめんなさい。私ったら、なんでこんなことを訊いてるのかしら……」

顔が赤らむのを感じる。

「いいえ、謝らないでください。でも、なんでそんなことを――？」

京子の声は、優しかった。

「なんでかしら……。たぶん、刑事さんならば、そういう人にも、今までたくさん会ってるんだろうなって――。なんだかとても、私のような状況の人間をリラックスさせるのが上手だから……」

「私、そんなんじゃ……」

京子はふっと言葉に詰まり、うつむいた。必死に何かを考えているのがわかる、その姿があまりにあけすけで、教師として子供たちを相手にしてきた祐子はふと、恋や友人関係や進路に悩む高校生を相手にしているような錯覚を覚えそうになった。この人は、テクニックや経験で、自分のような境遇に陥《おちい》った人間の相手をしているのではないのだ。

「初めてなんです。すみません」

女刑事は、苦し気に、何か苦いものを吐き出すような顔で言った。

「私、婚約者を亡くされた方にこうしてお話を伺うのは、今度の事件が初めてです。ほんとは、私のような駆け出しが駆けずり回って、もしかしたら、被害者の御家族や友人、それに恋人や婚約者など様々な方の心に、ずかずかと土足で踏みこんでしまってるのではないかと、いつでもそれが心配なんです。――だけれど、どうしても犯人を逮捕したい一心で、気がつくとまた、夢中で駆けずり回ってしまって……。でも、小久保さん。私……、たとえ、経験を積んだからと言って、それで相手の気持ちが深く察せられるようになるわけではないように思うんです。どういった身の処し方をすれば、とりあえずその場が収まるのかを、段々とわかるようになるだけなのかもしれません。まだ刑事になって何年にもならない私が、こんなことを言うのは不遜《ふそん》かもしれないけれど、この仕事をやっていると、毎日毎日、そういう場面に出くわします。去年、高校二年生の男の子が、通り魔にずたずたに刺されて亡くなった事件を担当しました。その御家庭は、息子さんが生まれた時に母親が亡くなり、父親がひとりで彼を育て続けてたんです。母親は、出産をすれば自分自身の命が危ないと、産婦人科のお医者さんに言われていたそうです。命をかけて子供を産み、そして、みずからの命と引き換えに、子供をこの世に送り出しました。でも、それから十六年、父親が必死で育て上げたひとり息子が、これからやっと一人前になるという頃に、一瞬にして帰らぬ人になりました。亡くなった時、被害者は身分証明書の類を身に着けていなかったので、我々警察は、お父さんに身元の確認を頼まねばなりませんでした。息子の死体を前にして、何も言えずにいる父親に、いったいどんな言葉をかければいいのか……。私は、必死で自分の経験から答えを探しましたが、見つけることができませんでした。その父親が落ち着くまで、ヴェテランの班長がずっと傍《そば》につき添っていました……。

ごめんなさい……。私、何が言いたいんだか……」

「いいえ、ありがとうございます」

祐子は、心を込めて言った。

「あなたのような人に、要次さんの事件を担当して貰《もら》って、よかったと思ってます。何をお訊きになりたいんでしょう」

改めて身振りで椅子を勧め、ふたり並んで学習用の椅子に坐った。

「実は、少しお尋ねしにくいことなんです」

京子は、体をひねって祐子のほうに上半身を向けた。

「どうぞ、事件解決のためならば、何でも訊いてください」

「先日、福田麻衣子さんと会ったことがありますか、と私が伺った時、体に力を入れましたね。両手をテーブルから膝に下ろして、ぎゅっと握ったように見えたんですけれど」

「——やっぱり、よく御覧になってるんですね」

「たまたま見えたものですから。もう一度伺います。もしかして、福田さんとお会いになったことがあるんじゃないですか？」

祐子は両手に力を込め、自分がまたこの間と同じことをしていると気がついた。あの女と話した時のことを思い出すと、こうして体に力が入ってしまう。

「パーティーで、一度、それもほんのちょっと会っただけです」

「パーティーで？」

「はい、話したというより、向こうから近づいてきて、一方的に言われました……。私と要次さんが、婚約を決めた頃です。私、《沢渡家具》の取引業者さん向けのパーティーに、要次さんを紹介してくれた従兄とふたりで参加したことがあるんです。その席上、福田という女性は、要次さんの傍にずっとつき添っていました。そして、要次さんと従兄が私の傍を離れたわずかな時に、顔を寄せてきて、小声でこう耳打ちしたんです。『私たちは、一蓮托生《いちれんたくしょう》なのよ』と」

「一蓮托生――。ただ、そう言ったんですか？」

「はい、いきなり耳元に口を寄せて来て、小声でそうささやきました」

祐子は、その時の福田麻衣子の声の高さや、その声とともに首筋にかかった少し酒臭い息を思い出し、気色悪い怖気《おぞけ》がぶり返すのを感じた。

「それで、祐子さんはどうされたんです？」

祐子は名前で呼ばれたことに気づいたが、わざわざ指摘するのはやめにした。悪い気分ではなかった。

「気にしないつもりでいたんですけれど……、やっぱり気になって……、要次さんとデートした時に訊いてみました。一蓮托生って、どういう意味って」

「──それで、どうでした？」

「一瞬、要次さんの顔が強張《こわば》りました。あの秘書は、父親の代からずっと会社にいる人で、父親にも、自分にも、仕え続けてくれてる。父の時代の大変なことも、一緒になって乗り切ってきた秘書だから、それを言ったんだろうって。だけれど、きみが嫌がるのならば、自分の秘書からは外れて貰うからって言ってました。私、なんとなく誤魔化されてるような気がしたんですけれど、それ以上は、何も言えませんでした。彼のことをすでに愛していたので、信じることにしたんです」

京子はしきりと何か考えているらしかったが、やがてその目にぽっと光が灯《とも》ったように見えた。

「もしかして、要次さんは、本当のことを言っていたのかもしれないですよ」

「ほんとのこと？」

「つまり、先代の玄一郎さんの時代の何か大変なことを、要次さんと福田麻衣子さんとで乗り切ったのかもしれません」

「大変なことって──？」

「それはまだわかりません。でも、福田さんは、それ故《ゆえ》にこそ『一蓮托生』という言葉を使ったんです、きっと」

京子は力強く言い切った。口では「わからない」と言いながら、何かを摑《つか》んだ人間の顔をしていた。調べるべき方向性がわかった、ということか。

チャイムが鳴り、京子がきょろきょろした。

「あら、大変。授業が始まるんですね」

「始業五分前のチャイムです。もう少し大丈夫です」

「そうしたら、もうひとつだけ。これも不躾《ぶしつけ》な質問でお許しいただきたいんですが、要次さんとふたりきりの時に、要次さんの携帯に、誰か女の人から電話があったそうですね」

「それを、どうして——」

「お父様に伺いました」

「そうでしたか……。でも、私、あのことはあまり気にしてなかったんです。銀座の女の人だと、要次さんが正直に話してくれましたので。仕事でよく行く、行きつけの店の人だそうです」

「正直に話してくれたら、それで気にならなかったんですか？」

「父もよく、そういうお店へ行く人でした。仕事の会合が終わると、二軒目は大体そういうところで飲んで、そのことを、特に母に隠す様子もなかったものですから。私、母から、男の人のそういう点は、大目に見てあげるぐらいのほうが、家庭が上手くいくって聞いてましたし——」

京子は手帳と筆記用具を構えた。

「そしたら、店の名前やホステスさんの名前も、要次さんはあけすけに言ったんでしょうか?」

「お店の名前は聞いていませんけれど、確かヨウ子という人です」

「ヨウ子ですね。ありがとうございました」

入口の引き戸が開き、生徒が何人か姿を見せた。午後の授業開始時には、授業のある教室に移動していなければならないのだ。祐子が見知らぬ相手と話していたのを見て、中へ入っていいのかどうか、ためらっている。

「もう、これぐらいでいいですか?」

祐子が訊くと、京子はぴょこんと立ち上がって頭を下げた。

「お忙しいところを、ありがとうございました」

「とんでもないです。よろしくお願いします」

生徒の耳を考えて、それ以上は言えなかったが、祐子はこの花房京子がきっと犯人を逮捕してくれるような気がした。

のっぽの女刑事は、教室に入ってくる生徒たちと入れ違いで廊下へと消えた。

4

西東京本店の店舗は今、ぴりぴりした雰囲気に包まれていた。

留理は苛立ちを抑え、その真ん中に立っていた。

定休日である水曜日のうちに、《sawatari》名義の自社製作家具を展示してしまいたい。副店長の長谷川にプランの完成を頼んだものの、実際には留理の手による「素案」自体が、ほぼ完璧な形のものであるはずだった。

だが、実際に作業を始めてみると、新たな展示のために家具を移動させる先のスペースが、単純な見積もりミスで充分な広さがなく、このままでは家具全部は入りきらなくなってしまうことが発覚したのだった。

自社製作家具の展示を予定よりも減らすか、あるいはほかの家具の展示を一層減らすかの選択を迫られ、午前中の作業が滞《とどこお》ってしまった。それでつい「副店長」の長谷川を怒鳴りつけたりもしたのだが、苛立ちの本当の原因は別にあることに、留理は内心、気づいていた。

本来ならば、自分が、こんな単純なミスをするはずがないのだ。兄と福田麻衣子のふたりから無理難題を突きつけられ、思い悩み、疲れ果てていた故《ゆえ》にこそ生じたミスだとしか思えない。

それに、苛立ちの原因はもうひとつあった。いや、もしかしたらこのことこそが、根本的な原因なのかもしれない。これまでの自分ならば、ためらいもなく、自社製作の家具を何より最優先に考えたはずだった。それこそが《沢渡家具》の生き残る道であり、その道をみずから切り開くために、最後には殺人まで犯したのだ。

それなのに、なぜだか今日の留理は、展示スペースの調整といったごく簡単な事柄に対してさえ、自信を持って決断を下すことができずにいた。

――まさか私は、兄たちふたりを殺害したことを後悔しているのか。

いや、そんなはずはなかった。

もしもそうだとしたら、振り切るのだ。そんな気持ちは振り切って、前へ前へと行く以外に道はない。

「決めました。自社製作家具の展示を、最優先で行くわ。最初のインパクトが大事だもの。動かした家具は、さらにいくつか間引いて展示しましょう。どれを間引くかは、私がその都度《つど》、判断します。さあ、時間が押してしまって申し訳ないけれど、気持ちを入れ替えて、頑張りましょう。お願いね」

留理は、部下たちに力強く指示を出した。

5

車を飛び降り、走って近づいて来る姿が、正にバンビだ。木下は吹き出したくなるのを堪《こら》えつつ、息を整えてしきりと詫《わ》びる京子を迎えた。

「すみません。思いのほか、移動に時間がかかってしまいまして」

「いや、おまえさんは遅れちゃいないさ。約束の時間通りだ。俺たちが、ちょいと予定より早く着いたんだよ」

木下は、腕時計の文字盤を京子のほうに向けた。

「先方にゃ、うちから連絡済みだ。さて、行こうぜ」

木下と一緒に行動しているのは、坂戸のヤサにも一緒に行った若手の刑事だった。それに京子も伴い、三人は西東京本店の駐車場から店舗の通用口を目指して歩き出した。水曜日の今日は《沢渡家具》の定休日で、正面入口は閉まっているためだった。

ショーウインドウのすぐ奥は、天井灯を消して普段よりも薄暗かったが、そのさらに奥の明るい場所で、大勢の人間が動き回っているのが遠望できた。この休日を利用して、家具の展示を変更しているところだそうだ。

通用口でＩＤを提示すると、守衛が中に連絡してくれた。

「どうぞ、一階の奥にいるそうです。廊下を真っ直ぐ行って、角にあるドアを出てください」

木下たち三人は礼を述べ、指示の通りに歩いた。突き当たりの、味もそっけもないスチール製の白いドアを抜けると、せわしなく大勢の人間が働いていた。さっきショーウインドウから見えた人間たちだった。

彼らの中心でてきぱきと指示を出しているのが、沢渡留理にちがいない。

「彼女が、そうかい？」

空き巣捜査担当の木下は、沢渡留理とは面識がない。横の京子にそっと確認した。

ちょうどその時、その当人がこっちに目をやった。仕事にいそしむ表情が急に険《けわ》しくなるのを、木下は遠目にも見逃さなかった。射《い》るような目は木下たちにではなく、じっと京子に向けられていた。

「行こう」

と小声で言って歩き出してからも、京子にとめられた視線は動かない。

やがて、沢渡留理は近くの社員に何か耳打ちすると、自分からもこちらに近づいてきた。

「次に私に会いに来る時には、必ず弁護士を通すようにと言ったはずよ。それとも、すぐに警察の上層部に抗議をしたほうがいいのかしら」

木下に名乗る隙さえ与えず、京子に向かって嚙みつきそうな勢いで吐きつけた。

口を開きかける京子を手で制し、木下は穏やかな笑みを浮かべた。

「警視庁捜査三課の木下と申します。電話でお伝えした通り、八王子のお屋敷に侵入した窃盗犯が逮捕されましたので、盗品の確認に参りました。私は、沢渡さんと面識がないものですから、一課の花房刑事に同行を頼んだんです。簡単な確認作業さえ終わればすぐに引き揚げますので、御協力いただけませんでしょうか」

すらすらとそんなふうに述べるのは、場数を踏むうちに身につけた身の処し方のひとつだった。

「もちろん、花房は今日は、一言も口を出しません。な、そうだな？」

「はい、その通りです。私は、ただ黙って見ているだけです」

京子が素直に同意すると、癇癪《かんしゃく》持ちらしい経営者の女は、しばし黙考した。

「ほんとに簡単な確認作業だけですね。今、店舗の展示位置を変更している最中でして、長く外してはいられないんです」

「お電話で申し上げた通り、決して時間は取らせません。ありがとうございます」

木下が丁寧に頭を下げると、沢渡留理はその言葉の途中で、先に立って歩き出した。

「それじゃ、あそこで構わないですね。どうぞ」

店舗の入口付近に、カフェがあった。カウンターは明りを落とし、ゆったりと並んだ丸テーブルには、逆さまにした椅子が載っていた。

そのひとつに近づく留理の横を小走りで追い抜き、木下はみずから椅子を両手に持って床に下ろした。

「おまえも手伝え」

と、わざと邪険に若手刑事に命じ、合計四つの椅子を下ろし、

「さ、どうぞ」

と、留理を促した。

女経営者は小声で礼を述べ、椅子のひとつに腰を下ろし、いくらか表情を和《やわ》らげた。

「カフェがやってる日だったら、美味《おい》しいカフェラテを御馳走できたんですけれどね」

「とんでもない。公務で来ているんですから、そんなお気遣いは結構ですよ」

木下は、愛想笑いを浮かべた。

癇癪持ちは大概《たいがい》、癇癪を爆発させてしまったあと、すぐにそれを悔やむものだった。それがないのは、よほど年齢が幼いか、実年齢は重ねても、内面は幼いままで来てしまったような人間だけだ。

「それじゃ、お時間をお取りしては申し訳ないので、早速、こちらの確認をお願いします」

木下に促され、若手刑事が鞄を開け、中から大封筒を抜き出した。

「失礼します」

と礼儀正しく断り、その封筒の中身をテーブルに開けた。

証拠保全用のビニール袋に入れられた品は、三つ。側面に日時計がデザインされたジッポのライターと、エンジのストライプのネクタイ、それに、真珠の飾りがついたネクタイピンだった。

「容疑者は、現金とともに盗んだのは、この三品だと証言しています。御確認いただけますか」

留理はひとつずつ手に取ったが、いかにもおざなりな様子だった。

「そうです。間違いありません。どれも兄の物ですわ。さあ、これでいいですか」

「間違いありませんね」

「そう申し上げてますでしょ。御用件は、これだけですか？」

「はい、そうです」

「これらの品は、もう返していただけるんでしょうか？」

「いえ、容疑者の起訴が済むまでは、お待ちください。現金も、しばらくは警察でお預かりすることになります」

「承知しました。それでは、御苦労さまでした」

留理は、腰を上げかけ、動きをとめた。最初は怪訝《けげん》そうな、そのあとはある種の恐れを伴う表情になった。

留理の視線が、京子に注がれていることに気づいた木下が首を回すと、京子は証拠の品にじっと目を落とし、一心不乱に見つめていた。他人を締め出し、自分だけの世界へと閉じ籠もるような表情は、この女刑事が初めて見せるものだった。おそらく、非常な集中力を発揮している。

「どうかしたの、花房さん？」

留理も何かを感じたのだろう、尋ねる口調に、恐れがあった。

京子ははっと我に返り、微笑《ほほえ》んだ。しばらく席を外していた人間が、周囲の雰囲気を窺《うかが》っているような笑みだった。

「いいえ、何でもないんです。御協力をありがとうございました」


店の外に出た時には、京子は普通の様子に戻っていた。

しかし、興奮で胸が騒いでいるのは確かで、ひたすらに先を急いで歩き続けた。

木下は、そのバンビのように軽やかな足取りについていくのがやっとだったが、駐車場を半ば以上横切ったところで、ついには京子を呼びとめた。

「おい、待て待て、花房。興奮してるようだが、どうしたんだ？　何か見つけたのか？」

京子は、くるりと木下を振り返ると、大きくひとつ息を吐いた。

「はい、見つけました。ネクタイピンはふたつあったんです」

「ふたつだと？　どういうことだ？」

「殺された沢渡要次さんのズボンのポケットから、ネクタイピンが見つかっています。しかし、空き巣狙いの窃盗犯も、ネクタイについていたネクタイピンを盗んでいる。事件の夜、あの部屋には、ふたつのネクタイピンがあったんです」

「なんでネクタイピンがふたつも……。どういうことなんだ？」

木下は首をひねり、隣りの若手刑事と顔を見合わせた。

「私、これからもう一度、被害者の沢渡要次さんが八王子の屋敷に入るまでの足取りを追ってみます」

「何かつかんだんだな？」

木下が訊くと、京子は力強くうなずいた。

しかし、その後、口を開くまでにはわずかな間があった。

「はい、私の想像が当たっているとしたら、留理さんはたった今、自分で墓穴を掘ったのかもしれません」

その口調はなぜか、どこか悲しげに聞こえた。

6

洗車をみずから行うのは、中嶋耕助の変わらぬ習慣のひとつだった。

今日の洗車は、いつもよりもずっと念入りで、気持ちを込めたものだった。そればかりか、洗車を行う間に、中嶋はみずからの胸が段々と高鳴るのを感じていた。

沢渡要次の用を言いつかり、あたかもプライベート運転手のように、あちこち連れ回されるのは、もう終わりだ。これからは、社長の沢渡留理——お嬢様のお供をして、毎日、各店舗を回ることになるにちがいない。そう思うと、数年先に迫った定年までの日々が、急に華やいだ明るいものに感じられた。いや、お嬢様ならば、きっと自分が定年退職したあとも、何らかの形で傍に置いてくださるにちがいない。

カーシャンプーを行い、ホースの水で綺麗に洗い流した中嶋は、水道をとめようとして体の向きを変えた時、こちらに向かって近づいてくる背の高い女に気がついた。

花房京子は、およそ女らしくない大股《おおまた》で、ずかずかとこちらに向かってくる。視線が合ったことに気づいて笑いかけてきたが、中嶋は気づかなかった振りをして水道をとめた。

「お仕事中、すみません。もう少し、教えていただきたいことができたんですが」

そう声をかけてくるのに一瞥《いちべつ》をくれると、ホースを巻いて収納を始めた。

「もう、知っていることはすべてお話ししましたよ。仕事中なものですから、御勘弁いただけませんか」

手を休めず、できるだけ冷ややかでつっけんどんな口調を心掛けた。

しかし、女刑事はしつこかった。

「すみません。ほんとにあとひとつだけですから」

何なのだ、と訊き返せば、この女がすぐに質問をぶつけてくることは察しがつく。だが、「帰れ！」と一喝する勇気も持てなかった。中嶋は、黙ってホースを巻き終えると、車の後部ドア付近に置いたバケツへと歩いた。地面にあったスポンジをバケツに入れて、持ち上げる。

そうしながら、刑事がただ引き揚げてくれることを祈ったが、そんなことなど起こりようがなかった。

「中嶋さん、お願いします。捜査に御協力ください」

ホースの束《たば》をもう一方の手に持った時、再びそう声をかけられた。

中嶋にできたのは、せめて急ぎ足で移動するぐらいのことだけだった。

「いったい、何なんですか。もう、帰って貰えませんか？」

逃げるようにしつつ、ついついそう口をきいてしまう。

「もう少しだけ、被害者の沢渡要次さんの事件前夜の行動について、お聞かせ願いたいんです」

「もう、充分にお話ししたじゃないですか。御勘弁いただけませんか」

「ほんとに、ひとつだけ。要次さんの馴染《なじ》みのホステスさんで、ヨウ子という名前の女性を御存じですね？」

「――――」

聞き覚えのある名前だった。

「御存じなんですね？」

「それが、事件と何か関係あるんですか?」

「はい。要次さんのことで、ちょっと二、三伺いたいんです」

「警察というのは、そうやって人のプライバシーを根ほり葉ほり調べるのが、仕事なんですか⁉」

我知らず声を荒らげると、その拍子にホースの収納リールを落としてしまった。

「そうしなければならないことが、多いんです。これも仕事なんです」

相手がこう答えることだって、察しがついた。そして、そう言われてしまえば、協力せざるを得ないこともだ。自分は、そんな人間なのだ。ほどけて飛び出したホースに屈《かが》み込み、リールをもう一度巻くうちに、中嶋は段々と泣きたい気分になってきた。

「銀座の《ランプ》という店のホステスさんですよ。要次さんが、何度か車に乗せて送ったことがあります」

「事件の前夜なんですが、要次さんは麻布十番で夕食を済ませたあと、銀座に戻ったと仰いましたよね。その時、《ランプ》という店に行ったのではありませんか?」

「ええ、行きました。たぶん、そうです。店の名前を聞いたわけではありませんが、待っているように指定された場所が、五丁目でしたので。いつも《ランプ》へ行く時には、そこで待つように言われてました」

「ありがとうございます。助かりました」

「お知りになりたいのは、それだけですか？」

中嶋は、ホースを持って立ち上がった。

頭を下げて遠ざかろうとする京子を、中嶋のほうから呼び止めた。

「待ってください、刑事さん。そう言えば、先日の話で、私、ひとつ間違ってました」

京子はくるりと振り返り、中嶋の前へと戻ってくると、光の強い目でその顔を見つめた。

「何でしょう？　聞かせてください」

「お屋敷を訪ねた時のことです。私がインタフォンを押した時、何の応答もなかったと申しましたが、よく考えてみると、要次さんが返事をなさいました」

京子の目が眩しくて、目をそらしてしまいそうになるのを、中嶋は必死で思いとどまった。

「――それで、要次さんは、何と言ったんですか？」

京子はしばらく黙って中嶋を見ていたが、やがて微笑み、訊いてきた。

「それは、入れ、とか、そんなことでした……」

「運転手の中嶋さんは、いつもその場でUターンして引き揚げていたのでは？」

「いえ、つまり、入れというのは、福田さんに対してです。入れとか、待ってたぞ、とか、そんなことを仰ったように思います」

「ほんとに、そうなんですか」

「――――」

「中嶋さん、事件に関係したことで故意に嘘をつくと、偽証罪に問われることもあるんですよ」

「私は、嘘などついていません」

京子は目を伏せ、痛みを堪えるような顔をした。

「――わかりました。御協力、ありがとうございました」

もう一度頭を下げ、背中を向ける。

中嶋は、自分でもわけがわからないまま、京子に追いすがった。

「待ってください、刑事さん。もしもです。もしもですが、要次さんと福田さんが口論の挙句《あげく》両方とも亡くなったのではなく、誰かほかの人によって殺害されたのだとしても、その犯人にはきっと、切羽《せっぱ》詰まった理由が……、いえ、何と言うか、何か、已《や》むに已まれぬ事情があったのだと思うんです……」

京子は中嶋を見つめて、大きな目を何度かまたたかせた。静かに、むしろ慎重にとさえ感じられるような口調で、ゆっくりと言った。

「わかります——。きっと、そうだったんだと思います。何というか、人はみんな、已むに已まれぬ事情を抱えて生きていると思うんです……」

7

屋敷の前に、パトカーが一台停まっていた。その中には、人影がふたつか三つ。留理は愛車のスピードを落とし、最後は徐行で近づいた。それを認めた人影が、パトカーから道路に降り立つ。花房京子と、上司の確か綿貫という男、それに、昨日の午後に一度、西京本店の店舗を訪ねてきた木下という刑事だった。

呼び出しの電話を受けた時、なぜだか心のどこか片隅で、もっと大勢の人間が待ち受けているような気がした留理は、拍子抜けしたような、それでいてほっとしたような、中途半端《はんぱ》な気分になった。

「いったい、何の用なんですか?」

車を下りた留理は、全員を見渡すようにしたのち、視線を京子にとめて言った。小一時間ほど前、電話を寄越したのは、京子だった。

「お忙しいところを、ありがとうございます」

京子が応えて、言う。

留理は、苦笑した。

「これが最後だから、どうしても、と言われれば、来るしかないでしょ。私も、いつまでもあなたのおかしな推理につきあっている暇《ひま》はないもの。正直なところ、あなたにつきまとわれるのには、もううんざりなの。約束よ、京子さん。これを最後にしてちょうだい」

「はい、約束します。それじゃあ、中にお願いします」

促され、留理は車の運転席に戻ると、リモコンで門扉《もんぴ》を開けた。門扉がゆっくりと、完全に開くと、手前に停まっていたパトカーが先に中へと入る。運転席に木下が、助手席に綿貫が坐っていたが、京子は乗らないまま、徒歩で門の中へと入っていった。

留理はそのあとから車を進め、パトカーの隣りに停めた。リモコンを再び操作して門扉を閉じ、車を下りる。

玄関に向かって、非常に緩《ゆる》やかなスロープとなったアプローチを歩き出すと、京子だけがついてくることに気がついた。彼女は右手に、黒い書類鞄を持っていた。

「あとのおふたりは、いいのかしら?」

「ええ、私とあなただけで話したいと、上司たちには頼んであります」

留理は、京子の顔を見つめ返した。何か意味ありげな言い方だった。一騎打ちというわけかしら。

――それならば、返り討ちにするだけだ。

「わかったわ。じゃあ、どうぞ」

留理はアプローチの先の短い階段を上がり、玄関口に立った。鍵を開け、「どうぞ」と京子を招き入れた。

靴を脱ぎ、廊下を歩き、リビングに入った。南西向きの、しかも二階の天井付近まで続く大きな窓ガラスから、レースのカーテン越しに陽が射しており、リビングはすっかり温まっていた。

「冷蔵庫がどうなっているかわからないし、兄たちが亡くなった場所で話すのは、正直なところぞっとしないので、お茶も何も出さないわよ。いいわね」

「もちろん、結構です」

「暑いわね。ちょっと開けましょう」

留理は言いながらリビングを横切り、庭に面した窓へと歩み寄った。鍵を外して、一枚を開ける。

「外の風を入れましょう。ちょっと待ってください」

京子はそう言い置くと、大股でリビングを横切った。キッチンカウンターの横を通り、行き止まりのドアを開けると、その向こうにある廊下をさらに横切り、北側の和室へと姿を消した。生前の母が使っていた部屋だった。

留理は、父が愛用していたチェアマンソファの背に片手を置いた。そこに坐るか、それとも応接ソファのどこかに坐るか迷い、まだ決められなかったのだ。立ったままの姿勢で京子が消えたほうを見ていると、背中から秋の涼風が流れ込んできた。

「裏の窓を開けました」

リビングに戻ってきた京子が、言った。

「ほら、そうするとこうして風が抜けて、気持ちがいいですね」

「——確かにそうだけれど、だから何？」

「事件があった日、裏の和室、つまり、生前にお母さまが使っていた部屋の窓が開いていたのは、そのためだと思います。ここの部屋、立派な吹き抜けで、庭に面した大きなガラス窓があって、日当たりが最高です。最初に来た時も、そう思いました。この季節でも、閉め切っていたら、温室みたいにぽかぽかになっている。ちょうど、今みたいに。だけど、冷房を入れるほどじゃないし、冷房よりも、窓から秋風を入れたほうが、ずっと気持ちがいい。事件があった日、お兄さんの要次さんも、そうしたんです。だけれど、途中で風が冷えてきたんでしょう。リビングのほうの窓は閉めました。でも、和室はあとで閉めればいいと思ったか、単に忘れてしまったか、そのままでした」

「――そうかもしれないわね。だけど、だから何なの？　京子さん、あなたの見事な空想力には、本当に感心するわ。小さな事柄から、その場の状況を想像し、そして、あなたなりの論理を発展させていく。そうでしょ。だけれど、私をここに呼んだのは、裏の窓が開いていた理由を説明するためなのかしら？　私、今日はほんとに忙しいのよ。今、会社は大変な時期だし」

「わかっています。それを乗り切るために、あなたは実の兄である要次さんと、福田麻衣子さんのふたりを殺害しなければならなかったんです」

「まだ、そんなことを言ってるのね。いいわ、きちんと説明してみせなさい。だけれども、いい。それが真実だと証明できなかった時には、名誉毀損《きそん》で訴えるわ」

留理は言い放ち、父の愛用のチェアマンソファへと坐った。この椅子は、自分こそが坐るべきものなのだ。右手で、応接ソファを示す。

「どうぞ、あなたもお坐りになってください」

京子は小声で礼を述べ、留理に近いところに坐った。手に持っていた書類鞄を、足元に置く。

「このお屋敷に忍び込んだ窃盗犯の男が、午後の二時半頃、裏山からこの屋敷の様子を窺っていた時に目撃したバイクの女性が、留理さん、あなたです。あなたはお兄さんが屋敷にひとりでいる時間帯を狙って、いきなり訪ねた」

「ちょっと待って。前にも言ったはずだけれど、私は、兄が屋敷にいるのかどうかも、何時に福田さんが兄を訪ねてくるのかも、知らなかったのよ。その点は、どうなったの？」

「いいえ、あなたは知っていた。あなたは、犯行の前日、中嶋耕助さんの運転で店舗の視察を行っています。その時に、中嶋さんがスケジュール管理をしているノートを覗き見たんです」

「彼がそう証言したの？」

「していません。でも、視察の途中で、あなたの用事で、コンビニに車を寄せ、自分が買い物に行ったと話してくれました。スケジュールノートは、いつでも助手席に置いてあるそうです。その間、あなたはそれを見ることができました」

留理は、鼻でせせら笑った。

「いいわ、また得意の想像ね。じゃあ、そうだとして、そのあと、どうなったの？」

「屋敷に上がり込み、隙を見て、兄の要次さんを殴り殺しました。凶器に使ったのは、布の袋か何かに砂などを詰めたものでしょう。いわゆる、ブラックジャックと呼ばれる凶器です。これで殴ると、痕跡が残りにくいのが特徴です。殺害後、二階の廊下から階下のリビングへと死体を落とせば、それでできた傷に紛れてわからなくなると考えたんでしょう。しかし、検死解剖によって、落下でできたとは考えにくい内出血が見つかりました。しかも、あなたの計算には誤りが生じ、しばらくは二階の部屋に隠しておくつもりだったお兄さんの死体が、殴りつけた時点で、一階へと落下してしまった。一階で死体を手早く隠すには、廊下の向こう側の客間まで引きずるしかない。仕方なく、あなたはそうしました。それで、お兄さんのバスローブに、客間の絨毯《じゅうたん》の毛がついたんです。その後、第二の被害者となる福田麻衣子さんが、運転手の中嶋さんの運転でやってきました。中嶋さんは、福田さんを下ろしてすぐに引き揚げたので、屋敷の中の様子は何も知りません。バイクは、表の駐車場からは死角となる場所に停められていて、中嶋さんは見ていません。屋敷の中に入った福田さんは、そこにいたのがあなただと知って、驚いたことでしょう。しかし、あなたは何か適当な理由を作って彼女を二階へとさそい、そして、今度はゴルフクラブを使って殴殺《おうさつ》した。その後、客間から要次さんの死体を引きずって戻り、リビングの床に横たえ、福田麻衣子さん殺害の凶器であるゴルフクラブを、その死体の傍に転がした。あの日、起こったのは、そういうことです」

「見事な想像だけれど、証拠は何もないわ」

「はい、ありません。だけれど、留理さん。あなたの証言にも、証人は誰もいないんですよ」

「どういうことかしら？」

「犯行時刻、あなたは西東京本店の店長室にいたことになっていますが、実際にわかっていることは、副店長の長谷川さんが、二時頃にあなたが店長室に入り、三時半すぎにそこから出てくるのを目撃しただけです。その間、電話も取り次いでいなければ、声をかけてもいない」

「仮眠を取り、それから、集中して企画を考えていたからよ」

「そういうことになっていますが、窓からこっそりと抜け出したとしても、長谷川さんにはわかりません。当初、あなたは、二時間ほどは部屋に籠もると言っていたにもかかわらず、一時間半ちょっとで出てきたのは、福田さんが予定よりも早く屋敷に現れ、犯行を終える時刻が早まったためです」

「また想像だわ」

「バイクの件も、申し上げておきます。あなたは自分のバイクを、事件前日の夜から当日の夜までずっと、墨田支店の駐車場に置いていたと証言しました。そこの駐車場には防犯カメラがなく、バイクがあったのかなかったのか、確認を取ることができませんでした。あなたは、それを知っていて、そんな証言をしたんです」

「もういいわ。充分よ。京子さん、あなた、何か勘違いをしているんじゃない。私が西東京本店の店長室から一時間半ほどの間、出てこなかったからといって、そこにいなかったとは限らない。墨田支店の駐車場にバイクがあったのかどうか確認できなかったからといって、そこになかったとは限らない。私が部屋にいなかったことも、バイクが駐車場になかったことも、証明責任があるのはあなたよ。それが証明できるの？」

「――いいえ、できません」

「それから、もうひとつ。この間、私が言ったことを覚えてる？　あなたは《さくら企画》のことを持ち出したけれど、確かに《さくら企画》に譲渡された株が兄の手に戻れば、会社は兄の思い通りになり、私は追い出されていたかもしれないわ。それは、私が兄を殺害する動機にはなるでしょう。だけれど、福田さんのことはいったいどうなったの？　ただ巻き添えを食っただけ？　私には、彼女を殺害する動機がないわ」

「いいえ、それは違います。留理さん、あなたは、ふたりをそろって殺害する必要があった。その理由は、今、あなたが坐っている、その椅子です」

「――何を言ってるの？」

「それは、お父さんの御愛用の椅子だったそうですね。お父さんが社長だった頃には、そこに坐り、そして、大勢の来客たちが、この応接ソファを埋めていた。あなたは、お父さんの名誉を守りたかった。そのために、兄の要次さんと一緒に、福田麻衣子さんも殺害する必要があったんです」

「何のことよ。さっぱりわからない――」

「お店の定休日にあたる先週の水曜日に、要次さんと福田麻衣子さんのふたりが、あなたの自宅のマンションを訪ねています。どうしてふたりで訪ねたんでしょう。《さくら企画》の株の件であなたに最後通牒《つうちょう》を突きつけるだけならば、要次さんひとりでもよかった。もしかして、この件で要次さんから最後通牒を突きつけられたのは、本当はもう少し前だったのではないですか？　そして、水曜日はたぶんあなたのほうから、お兄さんに反撃に出ようとしたんです」

「――」

「最近、あなたが何度も経理の部屋に出入りしていたことを、秘書やそのほかの方から伺いました。しきりと過去の経理状況を調べていたそうですね。おそらくあなたは、父親である沢渡玄一郎さんの時代に、兄の要次さんが何らかの不正を行っていた可能性を、なんとなく察していたんです。当時はそれに蓋をして触れずにきたけれど、反撃する材料を得るために、必死で調べ直すことにした。そして、ついには何らかの確証を得て、それをお兄さんに突きつけた。それが水曜日の出来事です。だけど、あなたはその場で反撃を喰らい、もう事態を解決するには、ふたりを殺害する以外には方法がないと思い定めるに至った。そう考えると、すべてのことにつじつまが合うんです。あなたが兄の要次さんを糾《きゅう》弾《だん》するつもりだった会計上の不正には、実は、お父さんの玄一郎さんも関わっていたんですね。当時、お父さんの秘書だった福田麻衣子さんは、それを知る生き証人だった。福田さんは、運転手の中嶋さんに、こんなことを言ってます。『あの人ね、私とだけは別れられないのよ』と。それから、要次さんの婚約者だった小久保祐子さんには、こう言いました。『私たちは、一蓮托生なのよ』と。それは、自分が先代も絡《から》む不正の生き証人だから、たとえ何があっても要次さんは私とは別れられない。一蓮托生だ、という意味だと思います」

「また、あなたのお得意な想像ね……」

留理は皮肉を言って笑おうとしたが、唇の端をわずかに持ち上げられただけだった。

「そうです。私のお得意の想像です」

京子は、寂し気に笑った。

「最後にもうひとつだけ。私には、ひとつ、どうしてもわからない疑問があったんです。それは、どうして要次さんと福田さんのふたりを、痴話喧嘩の挙句に誤ってふたりとも死んでしまったように偽装したのかということです。これは、会社にとって大きなスキャンダルです。《沢渡家具》を大事に思うあなたが、なぜそんな工作をしたのか。確かに、要次さんは、あなたの改革に反対する保守派の代表でした。亡くなり方がスキャンダラスだったことは、要次さんを担いでいた保守派の勢いをそぐことにはなったでしょう。でも、会社自体がこうむる損害は、それとは比べものにならないぐらいに膨大なはずです。お父さんから引き継いだ会社をこよなく愛するあなたが、どうしてそんなことをしたのかが、どうしてもわかりませんでした。しかし、それも今のことと考え合わせれば、理解できます。あなたには、たとえ会社のマイナスになるようなスキャンダルを引き起こしてでも、兄の要次さんと秘書の福田麻衣子さんのふたりが、あくまでも痴情のもつれの末に亡くなったと偽装する必要があった。ふたりを別に殺害し、その関連を警察が調べた時、父親の玄一郎さんの時代に行った会計処理の不正を掘り起こされかねないと恐れたんです」

留理は、拍手した。

皮肉を表すつもりだったが、本当の称賛もふくまれていた。見事なまでに明晰《めいせき》な推理力だ。

「お見事よ、京子さん。だけれど、もう何度も繰り返し言ったように、すべてがあなたの想像にすぎない。私、そろそろ疲れたの。もう帰っていいかしら?」

「いいえ、それは無理なんです。留理さん、あなたへの逮捕状が取れれば、会社の会計状況はすべて調べることができます。今、私が申し上げたことの裏づけは、それで充分に取れるはずです」

「逮捕状ですって……」

留理は、頭に血が上るのを感じた。そのくせ、胸の奥底は冷えていた。私は今、途轍《とてつ》もなく怯《おび》えている。この怯えを振り払いたくて、怒る機会を探していたのかもしれない。

「何を言ってるの、あなたは⁉　私は、逮捕なんかされないわ！　あなたには、何ひとつ証明できない。私は犯行のあった時間、店長室にいたし、私のバイクは、墨田支店の駐車場にあったのよ」

「いいえ、あなたは犯行時刻、この屋敷の、このリビングにいたんです」

京子の大きな目の中を、悲し気な光がよぎったように見えた。

そのことが、留理の怒りの炎に油を注いだ。いったい、なんでこの刑事は、こんな目をするのだ。

「でたらめを言わないで！　あなたは今、何も証明できないと言ったばかりよ！」

「いいえ、そうは言ってません。留理さん、犯行時刻、あなたがここにいたことは証明できるんです」

京子は屈み込み、足元から書類鞄を取り上げた。

「失礼します」と断りつつそれをテーブルに置いて開くと、中から証拠保全用のビニール袋に入ったジッポのライター、ネクタイ、それにネクタイピンの三つを取り出した。

「この三点は、留理さんが、この屋敷から盗まれた品だと証言したものです」

「わかってるわ、そんなこと。私が確認したんだもの。それがどうしたの？」

京子は、黙ってもう一度鞄に手を入れ、同じく証拠保全用のビニールに入ったネクタイピンを取り出した。

そして、先に出したネクタイピンを左手でつまみ、ふたつを並べて留理の前へと差し出した。

「よく御覧になってください。両方とも銀色のタイピンですが、左のタイピンは、真珠の飾りがついています。一方、右のタイピンは、千鳥柄の模様入り」

「それがどうしたの？　右のタイピンは、何なのよ？」

「右のタイピンは、亡くなった沢渡要次さんの、ズボンのポケットに入っていました。事件があった夜、このソファの背に投げ出すようにかかっていたズボンのポケットです」

「――？」

留理は事態がわからず、口を閉じた。だから、何だというのだ……。

口を開こうとすると、舌が口蓋《こうがい》に張りついていた。なぜだろう、今、自分の怯えの底から、得体の知れない冷たい感覚が湧き上がった気がする。

「だから、何なの……？」

留理は、かすれ声で問い返した。

「不思議に思いませんか。事件があった日、この屋敷のこのリビングには、ふたつのネクタイピンがあったんです。ひとつは、ネクタイについていました。それが、この真珠つきのタイピンです」

京子は、真珠つきのネクタイピンをもう一度つまんで見せた。

「一方、ズボンのポケットには、こっちの千鳥柄のネクタイピンが入っていた。上着やワイシャツとともにズボンがかかっていたのは、もう少しキッチン寄りのあの辺りでしたね。最初の現場捜査で目にして、私もよく覚えています」

京子は次に千鳥柄の模様が入ったもうひとつのタイピンをつまみ上げ、もう一方の手で、長く並んだ応接ソファの先を指し示した。

「そして、あなたがお兄さんのものだと証言したネクタイピンは、この千鳥柄のほうではなく、ネクタイについてテーブルの上にあった真珠つきのタイピンのほうでした。なぜなんでしょう？」

「なぜなのかしらね。わからないわ。そうそう、言い忘れたけれど、そもそも私はここでネクタイピンを見たわけではないもの」

「いいえ、留理さん。あなたは事件があった日に、このリビングで、この真珠の飾りがついたネクタイピンを見たんです」

「違うわ。ここで見たんじゃない」

「じゃあ、どこで見たと？」

「どこだったかしら……。水曜に兄が私のマンションを訪ねてきた時かもしれないし、前にこの屋敷でだったかも。それとも、会議の時だったかしら……。いつだったかなんて、ちゃんと思い出せないけれど、とにかく、事件の日にここで見たんじゃない。だって、その時、私は、店長室にいたんだもの」

「それはあり得ないんです。どうして千鳥柄のネクタイピンがズボンのポケットにあって、真珠のネクタイピンがネクタイについていたのか。理由がわかりますか？　男の人が、そんなふうにするのはどんな時なのか、想像がつきますか？」

「そんなこと……」

京子は、もう一度書類鞄に手を入れ、今度は大きく引き伸ばされた写真を取り出した。

「これを御覧になってください」

差し出された写真には、兄の要次が、見知らぬ女と並んで写っていた。

「これは、事件の前夜に、お兄さんが婚約者の小久保祐子さんとふたりで撮影したものです。ネクタイピンが写っているのが、わかりますか？」

「――」

留理は黙って写真を見つめたまま、何も答えることができなかった。確かに、写っている。

京子は、さらにもう一枚の写真を差し出した。

「胸のところだけ、大きく引き伸ばした写真がこれです」

留理は一枚目の写真をテーブルに置き、二枚目の写真を手にして見つめた。

「――わかりますか。千鳥柄の模様が入ってる。つまり、ポケットに入っていたほうのネクタイピンです。それでは、事件の前夜、婚約者と食事をした時にはネクタイについていたタイピンが、その後、どうしてズボンのポケットに移ったのか。要次さんは、婚約者とその父親と別れたあと、銀座の馴染みの店に行ったんです」

「あきれた男……」

「そう思います」

京子は静かに言うと、静かに留理を見つめて来た。

「その店には、源氏名がヨウ子というホステスがいました。要次さんはすっかり彼女をお気に入りで、お店のあとに食事に誘ったり、色々とプレゼント攻勢をかけたりしていたそうです。真珠のネクタイピンは、そういったことへのお礼の気持ちを込めた、彼女から要次さんへのプレゼントでした。実家が三重《みえ》で、里帰りした時に、お土産として買ったと言ってました。要次さんは、お店で飲んでいる時にそれを彼女から渡され、彼女の手でネクタイにとめて貰ったそうです。そして、それまでつけていた千鳥柄のタイピンは、外してズボンのポケットに入れました」

「――――」

留理は、長く、ゆっくりと息を吐いた。見知らぬ世界に、たったひとりで投げ出されたような不安に襲われていた。

それが幻想やただの思い込みではないことを、今や留理は悟っていた。これから自分は、たったひとりで、かつて想像したこともなかったような世界を生きていかなければならないのだ。

「そして、銀座や六本木で深夜遅くまで飲んだ要次さんは、運転手の中嶋さんに命じて、この屋敷まで車を走らせました。屋敷に着いたのが、明け方の四時頃。酔いに任せて、スーツもワイシャツも脱いでソファの背にかけ、ネクタイも、タイピンをつけたままでテーブルの上に投げ出した。一方、空き巣狙いがこの屋敷に忍び込んだのは、殺人があった日の夜八時頃だったと証言しています。つまり、真珠のタイピンがお兄さんのネクタイにつけられた状態でここにあったのは、犯行前の午前四時頃から、犯行後の夜八時までの間ということになります。その間で、留理さん、あなたが誰からも存在を目撃されていないのは、西東京店の店長室にいたとみずから証言している、二時頃から三時半頃の間だけなんです。その時間帯に、こっそりとこの屋敷にやってきたのでなければ、真珠のタイピンがお兄さんのものだと認められるわけがない。——もっと、詳しく続けますか？」

「西東京本店よ」

「——」

「もういいわ。わかった。あなたのことだから、その日の私の行動はすべて、細かく確認してるんでしょうね」

「はい。仕事ですので——」

「あきれた男……」

留理は、もう一度繰り返した。

「婚約者と会った夜に、クラブに行って、しかも、プレゼントのタイピンをつけて帰るなんて……」

京子は黙って留理を見ていた。

「はい、そう思います」

やがて、静かに、さっきと同じ言葉を繰り返した。

「教えてちょうだい。いつから、私を疑っていたの？」

「最初にここでお会いした時です」

「嘘……」

「ほんとです、留理さん。あなたがリビングに入ってきた時、要次さんの御遺体はもう収納袋に収められ、二階の福田麻衣子さんの御遺体が下ろされてくるのを待っているところでした。それなのに、あなたは部屋に入るや否や、要次さんの死体が発見された場所に、真っ先に目をやりました。その後、二階の福田麻衣子さんの遺体が横たわる場所へと視線を移したんです。下のリビングからでは、そこに遺体が横たわるのは見えなかったにもかかわらず、です」

「──あなたも、私を見ていたのね」

「どういうことでしょう……？」

「私、あの時、じきにあなたに気づいたの。そして、あなたのことを見ていたのよ。だって、一心不乱にあちこちを見て回るあなたの姿が、まるで何かに夢中になってる子供みたいで、面白かったんだもの」

留理は、ゆっくりと息をした。

「あなたとは、別の機会に会いたかったわ」

「私もです。留理さん、あなたの已むに已まれぬ事情は、わかりました。でも、何かほかの手段は思いつかなかったんでしょうか――？」

「あなたらしくもない、馬鹿な質問ね。思いつかなかったわ。思いついていたら、あんなことなどしなかった……。そうでしょ。それに、私、自分がしたことを悔やんでもいない。ほかには、どうしようもなかったんだもの。私は目の前の問題を、いつでも自分自身で解決して生きてきた。今度も、やっぱりそうしただけ」

「――――」

「ただ、人を殺してしまった瞬間から、自分がもう元には戻れない、別の人間になってしまったのがわかったわ……。そして、やるべきではなかったのかも、と思ったりした……。不思議ね、京子さん、こういう時って、重荷を下ろしたような気がするなんて言うみたいだけれど、今、ほんとにそんな気がしてる――」

「留理さん。犯した罪は、償《つぐな》わなければなりません」

「わかっているわ」

留理は、力を込めて立った。

「さあ、行きましょう」

京子は、テーブルに広げてある証拠品をあわてて書類鞄に収め、留理に一歩遅れて立ち上がった。

「あなたって、女をエスコートするのに、ちょうどいい背の高さ」

微笑みかけたつもりなのに、ふいに何かが胸の中で崩れ、留理は顔がくちゃくちゃになるのをとめられなかった。

「嫌だ……、私ったら、泣いたりして……」

うつむいた留理は、京子に強く引き寄せられ、気がつくとその胸に顔をうずめていた。

「待ちます」

京子の声が、耳元でした。この女刑事と知り合ってからの中で、最も力強く、そして、優しい声に思われた。

留理は、息を整えた。涙を押しとどめ、胸の中の熱いものを押し込める。そうするのには慣れていた。慣れざるを得ない人生をすごしてきたのだ。

顔を上げ、体を引き、京子の顔を真っ直ぐに見つめた。

「ありがとう。さあ、私は大丈夫だから、連れていってちょうだい。ただ、ちょっと怖いだけ……」

解説

町田暁雄《まちだあけお》
（編集・ライター）

香納諒一氏は、TVシリーズ『刑事コロンボ』の熱烈なファンである。

冒頭で犯行を先に見せてしまう《倒叙形式》ミステリの代名詞として今も世界中で愛されている『刑事コロンボ』が、NHK総合テレビで放映され日本中に大ブームを巻き起こしたのは、一九七四年のこと。そのころ香納少年は小学六年生であり、当時の想いは、同人誌《COLUMBO! COLUMBO!》に寄稿された短いエッセイの中で、こう語られている。

「一発で虜になり、NHKでのコロンボの放送が終わってしまった時には、その寂しさを埋めるため、小説版をすべて読み尽くしました」

「小説版を読むと、コロンボの内面が一切描写されず、外側からだけ書かれている手法に驚きます。そうするための視点の移行が見事で、私の初期の頃のいわゆる『多視点』の長編には、多分にこの影響が出ています」

少年のころの『コロンボ』体験は、何と本作以前にも作家・香納諒一に少なからぬ影響を与えていたわけで、また、香納氏は、本作の執筆に向けてコロンボの初期作品一〇作ほどを見直し分析してみたとも語っている（『刑事コロンボ読本』洋泉社）。

本書『完全犯罪の死角　刑事花房京子』は、そんな著者が満を持して挑んだ、初の《倒叙ミステリ》なのである。


おそらく、多くのファン――殊にハードボイルド長篇やクライムノベルを中心に愛読されている方々――にとって〝香納諒一と《倒叙ミステリ》〟というのは、かなり意表を突く組み合わせなのではないだろうか。

「凄絶」「錯綜」「軋轢」「拉致」「襲撃」「争奪戦」「巨大な陰謀」「危険な組織」「都市に潜む闇深い部分」「公安警察」「思わぬ展開」「狭間で揺れる」「挫折」「過去の悔恨」「喪失と再生」「再会」――。

これらは、〝代表作〟と冠される香納諒一作品の「解説」で多く用いられているキーワードを試みに抽出してみたもので、確かに、これらにマッチする要素は、本作にはほぼ皆無である。〝非日常と対峙する主人公〟という、多くの香納作品で絶大な魅力を放つスリリングでダイナミックな構図は、本作にはほとんど登場しない。《倒叙》は、本質的に日常を舞台にした物語であり、原則、犯人による殺人→探偵役によるその追及、というシンプルな流れから外れることができないからである。しかも、殺人によってその日常をかき乱す存在は、ほぼ例外なく、主人公の一人ともいうべき犯人なのである（もちろん、その原則自体に挑むことで独自の面白さを獲得している《倒叙》の傑作も存在します）。

また、犯行完了後、もう一人の主役として登場してくる花房京子刑事は——おそらくは小説版コロンボに倣《なら》って——その心理がまったく描かれない特異な主人公であり、その捜査活動には個人的な思い入れがない。従って本作には、例えば『梟の拳』文庫解説で十河進氏によって端的に語られている「失踪人探索や犯罪捜査のプロフェッショナルである私立探偵や刑事を主人公にした物語でも、彼らが事件を追う動機はきわめて個人的なものである。（略）『この事件を解決しなきゃ、俺には明日はやってこねえんだ』と、香納作品の主人公たちは心の中でつぶやく」という、常に我々を魅了するもう一つの特長もまた、存在していない。

おそらくはこれらが、本作を〝香納諒一の異色作〟と思わせる大きな要因であろう。

では、この『完全犯罪の死角』は、果たしてその見た目通りに、香納作品の本流から離れた例外的な一作なのだろうか。この問いには、自信を持って即答することができる——否。私見では、本作は紛れもなく香納諒一にしか書き得ない、そしてその一貫した美学のまさにど真ん中に位置する作品である。

香納氏は、インタビュー等で「『ハードボイルド』とはジャンルの名前ではなく、文体の特徴を示す言葉」だと語り、また「どこにいちばん注意がいくかというと、人間同士、あるいは人間と事件の関係性なんです。関係を出来るだけたんたんと書いて、そこに混じっている感情の色を伝えたい」という想い、そして「ハードボイルドの切りつめた文体で、いわゆるハードボイルドらしくない話を書いてみたい」という構想も語っている。

「僕の小説のテーマというのは日常生活なんです。たとえ殺し屋を書いていても、つきつめていくと、この一点を読者に伝えたいんだっていうものは全て、日常生活の中の、ほんのささいなことなんですね。でも、ああ日常生活ってのは、切ると血が出るなあ、という気がするんです。（略）自分自身も含めて、いったい何人の作家が、本当の意味でそういった日常の中の死というものを描けるんだろうかと思うんです。バッタバッタと切り捨てたと書いても、それは全然、死じゃないですよね」

例えば、日本推理作家協会賞を受賞した傑作長篇『幻の女』についての一九九八年のインタビュー中で語られたこの言葉のように、巨大な陰謀や犯罪組織の介在しない〝日常〟を舞台に、《倒叙》ならではの線的でシンプルなプロットを活かして〝人間同士、あるいは人間と事件の関係性〟、そして〝日常の中の死〟を、でき得る限り純粋な形で描く試み、それがこの『完全犯罪の死角』だったのではないだろうか。

「密室トリックを駆使したものや、アリバイにものを言わせた作品に比べ、その数は圧倒的に少ないのが現状だ。なぜか。理由は簡単。書くのが大変だからだ」

「自分の手札の半分以上をさらしながらポーカーをやっているようなものである。読者との攻防に勝ちをおさめるのは、なかなかに難しい」(石持浅海『君の望む死に方』解説)

これは、日本版『刑事コロンボ』ともいうべき倒叙中短篇〈福家警部補シリーズ〉を五冊上梓しているミステリ作家、大倉崇裕氏が述べた言葉である。氏はまた、同じ文章の中で、その難しさの理由として「倒叙の枠がものすごく狭い」ことも挙げている。つまり、犯行→追及→解決という流れは大きく変えようがなく、さらに、天地がひっくり返るような意外な結末も設定し難いのが《倒叙ミステリ》の因果な傾向なのである。

では、《倒叙ミステリ》を創る際に一番難しいのはどの部分か。私見ではそれは二つあって、まずは、本当に魅力的な探偵役の創出(何しろ〝犯行〟に至るまで犯人の一喜一憂につき合った後の読者を、それから主人公として魅了しないといけないのである)。これについては、香納氏本人も「コロンボ以上に特徴がある刑事を登場させたい。そして、味のある犯人役を書きたい。このふたつを思うと、なかなか書き出すことができないままで、長い時間が経ってしまいました」と語っている（ただしこれは、犯人と探偵役を同格に扱う、いうなら〝対決型倒叙〟の場合の課題である。例えば貴志祐介氏の『青の炎』のように、犯人側の視点のみで徹底的に語られていく傑作も存在することは述べておきたい）。「難しさ」の二つめは、殺意〜犯行〜現場検証、犯人と探偵役の最初の対決、という一連の流れが済んだあたりから探偵役が決定的な手がかりをつかむ前まで――つまり「中盤」の部分を魅力的に書くことである。これは、短篇・中篇の長さですらすでに難所であり、この部分を「持たせる」には相当の工夫と力量が必要となる。長篇ともなれば、その大変さは何倍、何十倍にもなるだろう。《倒叙》に挑む作家諸氏は皆、この「中盤」をクリアすべく様々な創意工夫を試みている。例えば、前述の大倉崇裕氏は〝三〇〇枚の長編に入れる分量のネタ（手がかりや発見）を一〇〇枚の中篇に圧縮投入する〟ことでこれを乗り越えた旨を述べており（〈ミステリマガジン〉二〇一三年五月号のインタビュー等）、さらに、探偵役の福家警部補が〝聞き込みを行なった関係者に小さな福をもたらす〟という独自のルーティンを導入することで、中間部にユニークな魅力と弾力を与えているのである。

それでは、この『完全犯罪の死角』の中盤はどうだろう。

実は、恐るべきことに、何も行なわれていないのである。

何も行なわれていない、というのは少々乱暴なので慌てて言葉を足してみるならば、香納氏は、その文章力と人物造形力を駆使して、ぽん、と捜査範囲を広げてみせるのである。

その転回点——いうなら〝展開部〟のあたまは、おそらくは一五九ページ、小久保祐子の登場シーンだろう。そこまでの捜査対象は、犯人をはじめ、運転手の中嶋、副店長の長谷川等、被害者や沢渡家具の身近にいる関係者ばかりであり、それゆえの緊張感が通奏低音のように持続し続けている。その緊張感が、ここでふわりと緩まると、我々読者はそこから解放され、目の前の世界がぐんと広くなる。この効果はさりげないが絶大で、最初に読んだときには、黒澤映画『天国と地獄』での権藤邸から特急こだまへのワイプによる、あの場面転換を思い出したほどである。

そこからの視点は自由自在であり、京子と上司・綿貫との会話を挟んで、朝霞倉庫へ左遷されている小山田昭男、退職して逗子に暮らす山科行雄へと同心円は広がっていく。中心点である殺人から遠ざかるに従って、緊張感と暗さはさらに遠のいていき、秋の陽光と爽やかな風に吹かれての逗子の海岸沿いの散歩で、その展開部は頂点を迎えることになる。

そして、提示部からのモチーフである窃盗犯・坂戸の逮捕を機に、三人めの刑事・木下忠夫が登場、その新たな魅力と甦った緊張感が残り一〇〇ページを引っ張る原動力となっていく（「のっぽのバンビ」という主人公のニックネームを彼の視点によりここで初めて登場させる巧みさにもご注目を)。そこでは、小久保祐子の父親までを含むさまざまな人物によって僅かずつ語られてきた断片が、割れたガラス板が逆回転で元に戻っていくように収束していき、やがて《倒叙ミステリ》の本寸法ともいうべき、一対一のクライマックスを迎えるのである。

本作の、映画に譬《たと》えればレンズや構図や編集のリズムを自在に変えるようなこの中盤へのアプローチは、わが国の《倒叙ミステリ》には例を見ないものであるように思われる。初読時に筆者が想起したのは、特にシムノンの《メグレ警視もの》、そしてクロフツの諸作であった。

冒頭で触れた、『刑事コロンボ』再見と分析について語った対談の中で香納氏は、最初のシーズンに「二枚のドガの絵」という最高のサプライズエンディングを持つ一作が生まれたことで、以降の『コロンボ』シリーズはそれを理想に〝ラストのキレ〟に向けて先鋭化していった、と分析し、その上でシリーズ化前の最初の二作品について以下のように高く評価している。

「『殺人処方箋』と『死者の身代金』って、『二枚のドガの絵』以降のラストが劇的にクローズアップされるパターンを得た作品と見比べると、解決が何となく物足りないんですよ。

物足りないんだけど、実作者としての目で観ると、最初の2作の出来は、やはりものすごい。考え抜かれた結果、こういう形で起承転結にしていったんだなっていうのが分かります」

トリッキーな構成やサプライズエンディングも有効だが、《倒叙》の心はそれとは別の場所にあるのではないか。〝ハードボイルドの文体〟によって描かれた本作の——もちろん声高に語られてはいないが——それが最大の宣言であるように、筆者には思われるのである。

最後に、本作のラストシーンについて触れておきたい。「別の機会に会いたかった」——犯人・沢渡留理は、作中何度かそう口にするのだが、花房京子刑事は、彼女の創り出してしまった〝非日常〟を止めてくれる唯一無二の存在として彼女と特別な「絆」を結ぶことになる。その意味合いで、本書の最終ページ、殊に最後の数行は、〝乾いた共感型倒叙〟とでも呼ぶべき本作の終幕に、まさにふさわしい珠玉であろう。

初出
「小説宝石」二〇一七年七月号〜二〇一八年二月号
二〇一八年六月　光文社刊

※この作品はフィクションであり、実在する人物・団体・事件などには一切関係がありません。

光文社文庫

完《かん》全《ぜん》犯《はん》罪《ざい》の死《し》角《かく》　刑事《けいじ》花房《はなぶさ》京子《きょうこ》

著者　香《か》納《のう》諒《りょう》一《いち》

2021年2月20日　初版1刷発行

発行者　鈴木広和
印刷　堀内印刷
製本　榎本製本

発行所　株式会社　光文社
〒112-8011　東京都文京区音羽1-16-6
電話　(03)5395-8149　編集部
8116　書籍販売部
8125　業務部

ISBN978-4-334-79151-3　Printed in Japan

組版　萩原印刷